Inter: view

임정훈 에세이

Prologue

스물아홉,

이상과 현실의 경계에서 다시 〈주변인〉이 되었다

*주변인: (명사) 둘 이상의 이질적인 사회나 집단에 동시에 속하여 양쪽의 영향을 함께 받으면서도, 그 어느 쪽에도 완전하게 속하지 아니하는 사람.

인생이라는 긴 여정에서 특정 나이에 딱히 방점을 찍은 것은 아니지만, 되도록 빠른 시기에 '원하던 삶과 자유를 찾겠노라' 다짐하며 회사를 나왔다. 이와 동시에, 태어나 처음으로 아무런 소속이 없는 신세가 되었다. 말하자면, 그 누구도 '공식적'으로 날 찾지 않는 상태가 되었다는 말이다. 처음 한 달은 정말 마음껏 쉬었다. 어느 누구도 만나지 않고, 생산적인 무언가를 하지도 않았다. 밀렸던 영화와 드라마들을 밤새도록 보고, 해가 뜬 뒤에야 잠을 청했다. 방해하는 사람도, 잔소리하는 사람도 없었다. 그 무렵 나는 충분히 '자유'를 만끽하고 있다고 생각했다.

그렇게 한 달 남짓 흐른 무렵, 불현듯 '이제 나는 아무 의미가 없는 사람인가'라는 두려운 생각이 머릿속에 떠오르더니 그때부터 갑자기 초조하고 불안해졌다.

'내 존재가 무의미하다면, 나는 존재하는 것도 아닌 것인가?

나는 자유를 누린 것이 아니라, 그저 방임된 상태가 아닐까?

이런 생각이 들면서 갑자기 시간만 안타깝게 흐르는 듯했다. 그 무렵, 그들은 나를 '주변인'으로 부르기 시작했고 그렇게 나는 '주변인'이 되었다. 아니, '주변인'이 되는 듯 느껴졌다.

나는 꽃이다
그가 내 이름을 불러주지 않았을 때에도

내가 그의 이름을 불러 주기 전에는

그는 다만 하나의 몸짓에 지나지 않았다.

내가 그의 이름을 불러 주었을 때

그는 나에게로 와서 꽃이 되었다.

김춘수 시인 〈꽃〉 중에서

　김춘수 시인은 그의 시 〈꽃〉에서 그가 꽃의 이름을 불러줌으로써 그에게 꽃의 존재와 의미가 생긴다고 말한다. 그러나 나는 그가 내 이름을 불러주지 않았을 때에도 꽃은 이미 꽃이었다고 믿는다. 타인이 규정짓기 전에도 '꽃'은 존재하고 있었고 그 자체만으로도 존재의 의미가 있었을 것이다.

　돌이켜 생각해보면, 참으로 많은 조직에 속하여 살아온 지난날들이었다. 유치원을 시작으로 초, 중, 고등학교를 거쳐 대학교에 학생으로, 군대에선 군인으로, 해외 인턴십을 통하여 모 대기업에 소속되었고, 지금까지 몸담았던 두 회사까지 중간에 어느 단 하루도 '무소속'이었던 적이 없었다. OO 초등학교 O학년 O반 O번부터 주식회사 xxx xx부 대리까지 누군가 나를 부르거나 나를 소개할 때 내 이름 석자 앞에는 항상 조직이 있었고, 지금껏 그걸 당연하게 여기고 있었다. 이러한 이유로, 나조차 스스로를 온전한 한 사람으로 생각해본 적이 없는 것 같다는 꽤나 서글픈 생각이 들었다.

그러나, 알고 보면 나는 늘 '나'로서 살아가려고 안간힘을 쓰고 있었다. 대학시절, 학기를 마치면 나를 둘러싼 여러 그늘에서 벗어나 소속은 잠시 잊은 채 자유롭게 배낭여행을 다녔다. 때론 휴학을 하고 해외에 거주하면서 이 곳에서는 경험하지 못한 것들을 배우고 느꼈다. 당시 나는 이 세상 누구보다 빛나는 사람이었다. 그 무렵 내가 만나던 사람들은 나를 나로서 기억해주는 사람들이 되었고, 지금 내겐 그 사실이 새삼 놀라울 뿐이다. 그들에게 나는 존재만으로 빛이 나는 사람이었고, 지금도 그렇게 기억하고 있을 것이다. 어느새 나 자신도 깜빡 잊고 지낼 만큼 타인의 시선과 잣대라는 큰 그늘에 둘러싸여 있었다는 것을 비로소 깨닫기 시작했다.

"나는 꽃이다. 그가 내 이름을 불러주지 않았을 때에도."

나는 '자유인'이기를 원하지만, 그들은 나를 '주변인'이라 부른다

  누군가 나를 '자유인'으로 불러준다면 좋겠지만, 아직 내 주변에서는 나를 그저 '주변인'으로 부른다. 가만히 생각해보면, 퇴사 후에 온전한 나 자신으로서 무엇 하나 내 의지와 노력으로 이뤄낸 게 없다. 그래서 그저 남들이 나를 내가 바라는 모습으로 봐주기를, 불러주기를 기대하는 것이 무척이나 오만하다는 생각이 들었다. 그리고 그 건방진 바람은 당분간 접기로 했다. 그리고 내 노력으로 얻어질 수 있는 무언가를 결심했다. 책을 쓰기로.

내 삶이 그렇듯 너의 삶도 소중하고 특별하다

  책을 쓰기로 결심은 했지만, 막상 어디서부터 무슨 글로 시작해야 하나 망설임이 길어졌다. 그러던 중 오래된 친구와 술자리에서 나눈 시시콜콜한 이야기가 기억났다. 소아 물리치료사를 직업으로 하는 친구였다. 태생적으로 뇌에 문제가 있어서 걷지 못하던 아이가 서툴지만 한 걸음 한 걸음 내딛을 수 있게 되었다며 눈물 흘리며 말했던 모습이 기억난다. '어쩜 이렇게 멋진 일상이 있을 수가 있을까' 싶은 생각이 들었다. 내가 무심코 평범하다고 넘겼던 그의 일상이 특별하고 멋지게 보이는 순간이었다. 백수의 시선으로 바라본 세상 속 사람들의 일상은 찬란히 빛나고 있었다. 이와 동시에, 주변을 돌아보지 않고 나만 생각하며 이기적으로 달려왔던 내 모습이 떠올라 한심해졌다. 그렇다, 내 삶이 그렇듯 너의 삶도 소중하고 특별하다. 언젠가부터 잊고 지내던 간단한 사실이었다. 곧바로 나와 인연이 있는 사람들의 인터뷰를 해야겠다고 생각했다. 인터뷰를 통해 만나게 되는 그들의 특별한 이야기들이 내 삶에 어떤 의미를 가져다주기를 바라며.

〈무제 by. Foto piece〉

목차

Episode 1

Super Ordinary Person

〈무제 by. Foto piece〉

첫 인터뷰를 누구로 할지 고민할 필요가 없었다. 인터뷰를 해야
겠다고 결정한 무렵, 최근 큰 폭으로 성장 중인 광고 스타트업에
서 개발자로 근무 중인 친구로부터 연락이 왔고, 나는 그에게 인
터뷰를 요청했다. 그렇게 첫 인터뷰를 준비하기 시작했다.

4월의 봄을 알리는 따스한 햇살 비추던 주말 오후, 강남의 어느
카페에서 친구 A를 만났다. A는 나와 초등학교 시절부터 이어져

온 가장 오래된 친구다. 나를 너무나도 잘 알기에, 얼굴을 보고 마주 앉아 인터뷰를 진행하는 것이 꽤나 어색했지만, 금새 어색함을 뒤로하고 진지하게 인터뷰를 시작했다.

Super Ordinary Person

"스스로 평범한 삶을 살고 계신다고 생각하시나요?" 라는 내 첫 질문에 A는 크게 한 숨을 쉰 후, 복잡한 코딩이 난무하는 노트북 화면을 덮으며 입을 열었다. 그는 얼마 전 회사 내 모임에서 자기소개를 하던 중, 자신의 삶이 지극히 평범했다는 생각이 들었다고 했다. 살면서 특별히 나쁘거나, 좋은 일 없이 지금까지 왔다는 게 그 이유였다. 사실, 내가 기억하기로도 그는 대학입시나 취업 등 남들이 한 번쯤은 인생의 굴곡이라고 생각하는 지점에서 큰 무리 없이 좋은 결과를 얻어왔다. 그 때문인지는 몰라도, 지금까지 그의 얼굴에서 환한 기쁨의 미소 혹은 슬퍼서 눈물 흘리는 모습을 본 적은 없었다. 누군가는 눈물 나도록 치열하게 버텼을 20대를 평탄하게 지나온 그는 자기 자신을 'Super Ordinary Person' 즉, 아주 평범한 사람으로 표현했다.

한편, 그는 자신의 평탄한 미래를 위해 20대에 하고 싶었던 일들을 많이 못하고 살았다고 했다. 단 한 번으로 끝난 사랑, 선뜻 도전하지 않았던 외국어, 취미로 배워보고 싶었던 스킨스쿠버 등 그는 하고 싶었던 일이 많았지만 포기하고 살아왔다. A는 그마저도 남들과 같은 평범한 삶이었다고 여기며 덤덤하게 말했다.

잊고 지내던 그 시절의 나

A의 말을 가만히 듣던 중, 문득 그가 대학시절 프랑스로 교환학생을 다녀온 것이 생각났다. 2016년 2월의 어느 날, 나는 해외 인턴십에 선발되어 루마니아로 출발하는 날이었고, 마치 바통을 넘겨주듯이 그는 프랑스 교환학생 프로그램이 종료되어 한국으로 입국하는 날이었다. 우연히 서로의 입출국 시간 차가 있었고, 그와 나는 점심을 같이 먹었던 기억이 있다. 우리는 찜닭을 앞에 두고 한동안 이야기 꽃을 피웠다. 오랜만에 본 그의 얼굴엔 살도 조금 올라있었고, 왠지 모를 여유도 느껴졌다. 사실, 처음 A가 프랑스로 간다고 했을 때 나는 사뭇 놀랐었다. 그는 따라가기도 바쁜 대학 수업과 밤 늦게까지 일했던 연구실 생활로 몸도 마음도 지쳐있던 상태였고, 그로 인해 당시 해외여행은 생각도, 기회도 없다고 버릇처럼 말하곤 했었기 때문이다.

12

〈무제 by. Foto piece〉

  인터뷰를 하면서, 그에게 교환학생 프로그램 경험을 조금 더
자세하게 물었다. A는 마치 잊고 있던 기억을 떠올리려 애쓰는
듯 잠시 생각에 잠겼다가 한참 후에나 입을 열었다. 그에게 교환
학생 경험은 재미없고 지루한 삶에서 유일하게 특별했던 경험으
로 남아있었다. 우연한 기회에 교수님의 추천으로 가게 된 교환
학생 프로그램으로 그는 6개월간 프랑스 스트라스부르 대학교
(university of Strasbourg)에서 공부를 할 수 있었고, 이는 그에
게 생에 처음으로 해외에 나간 경험이 되었다. 교환학생을 가기
전에는 아예 여권조차 가지고 있지도 않았을 만큼 갇혀있던 사람
이었던 그에게 문화적으로 개방성과 다양성이 존중되는 유럽의

13

생활양식은 적지 않은 충격으로 다가왔다. 짧다면 짧은 6개월이란 시간은 닫혀있던 그에게 진한 인상을 주기에 충분한 시간이었다. 생에 처음으로 서로 다른 문화권의 친구들을 사귀었고, 때론 두 발로, 때론 기차를 타고 국경을 넘어 여행을 했다. 학교에서 만난 프랑스인 친구에게 초대받아 그의 가족으로부터 전통 프랑스 가정식으로 차려진 멋진 저녁식사를 대접받았다. 그 시절 동안 A는 말이 잘 통하지 않아도 마음은 통할 수 있다는 사실을 온몸으로 느꼈다고 했다. 그는 편견과 선입견이 주었던 긴장감과 두려움이 사라지고 다양성을 수용하는 법을 배웠고, 그로 인해 더 넓은 세상으로 마음을 열게 되었다고 말하며 옅은 미소를 보였다. 그는 그 특별한 시절을 잊고 지내고 있었다. 평범하고 재미없다는 그의 삶에 특별한 순간이 있었다는 것을 인터뷰를 하면서 스스로 깨닫는 눈치였다.

찰나의 순간에 의미를 더하면 행복이 된다

나는 조금 더 세밀한 순간에서 그의 행복을 찾아주고 싶어 졌다. 그에게 요즘 일상이 어떤지 물었다. 출퇴근과 휴식이라는 무척이나 허술하고 재미없는 대답이 나왔다. 출퇴근과 휴식이라는

14

단어로만 묘사되기에 우리의 일상은 너무나도 많은 순간들의 연속이다. 그래서 더 자세히 들여다보자고 그에게 제안했다. 출근할 때 가장 기분 좋은 순간, 일하면서 스트레스를 풀기 위한 나만의 행동, 퇴근길에 드는 생각, 주말에 날이 좋으면 하는 행동 등 그가 스스로 자신의 일상을 들여다보길 바라며 조심스레 물었다. 그러자 뜻밖의 대답이 나왔다. 그는 사무실에서 좋아하는 커피를 내리는 것으로 시작한다. 일을 마친 후 회사 옥상에서 노을 바라보면 쌓였던 스트레스가 풀린다는 것, 유난히 일찍 달이 뜬 날에는 퇴근길에 잠시 멈춰 서서 이르게 떠있는 달을 보며 하루를 마무리한다는 것, 날이 좋은 주말이면 어김없이 동네를 거닐며 산책을 하기도 하고, 집에서 요리를 하고 예쁘게 데코레이션까지 해서 사진으로 남기는 것 등 생각나는 대로 좋아하는 순간들을 말하던 A는 어느새 무심코 지나칠 수 있었던 자신의 일상의 순간들을 조금씩 특별한 순간들로 인식하고 있었다. 매 순간 행복을 느낄 수는 없지만, 소소한 행복을 주는 작은 순간들만으로도 우리의 하루는 특별해질 수 있다. 그는 지금까지 자신의 삶이 평범하다는 생각을 해왔기 때문에, 오히려 앞으로 하루하루 더 즐길 수 있는 욕심이 생긴다고 말하며 인터뷰를 마쳤다.

〈서울 by. Foto piece〉

평범한 일상의 다른 말은 숨은 행복 찾기

A와의 인터뷰를 마치며 이런 생각이 들었다.

'평범한 일상의 다른 말은 숨은 행복 찾기 아닐까?'

평범이라는 말은 결국, 우리가 놓치고 지나가버린 것들에 대한 자기 합리화를 위한 말과 같다. 몇 년 전 '알쓸신잡'이라는 TV 프로그램에서 뇌과학자 정재승 교수와 맛 칼럼니스트 황교익 씨의 '나이와 기억'에 관한 이야기가 떠올랐다. 흔히들 나이가 들수록 시간이 점점 더 빠르게 흘러가는 것처럼 느낀다고 이야기하지만, 사실 이러한 현상은 우리가 나이가 들수록 호기심이 줄어들기 때문이라는 것이다. 말하자면, 우리는 사건의 축적을 기준으로 시간을 기억한다고 한다. 어린 시절에는 세상의 온갖 것들을 호기심 어린 눈으로 바라보았기 때문에, 여러 사건들이 같은 시간에 축적되어 시간이 천천히 흘렀다고 생각한다. 반면, 나이가 들면 호기심이 떨어져 같은 시간 동안 우리가 인지하는 사건의 수가 감소하기 때문에 시간이 빠르게 흐른다고 느낀다. 평범한 일상이라는 것은 결국, 우리가 삶에서 일어나는 일들에 대해 무관심해졌다는 말과 같다. 매 순간 우리에겐 다양한 일들이 일어나고 여러 생각과 감정이 스쳐가지만 우리 스스로 무관심하게, 때론 그 의미를 놓치며 그저 '어제와 똑같은 하루'로 치부하고 있는 것은 아닐까 생각한다. 그렇기에 나는 순간의 순간을 더 의미 있게 바라보려 한다. 때론 아프게, 때론 특별하게.

늦은 밤 이 글을 쓰면서 피식 웃게 되었다. 그가 자신을 표현한 Super Ordinary Person에서 사실 Super-ordinary는 남다른, 특별한 이라는 의미였다는 걸 깨달았기 때문이다. 그는 자기 자신이 평범하다고 생각했지만, 따지고 보면 그는 자기소개를 할 때 이미 '저는 굉장히 특별한 사람이에요.'라고 소개한 것이었다.

〈가로등 by. Foto piece〉

낙성대역 옥탑방

지하철 2 호선 낙성대역 원룸 옥탑방
길을 걷는 사람들 보다는 높은
화려한 빌딩보다 낮은
이곳은, 그런 애매한 매력이 있는 곳

다행히도 주변에 높은 건물이 없어
고개를 들지 않아도 하늘이 보이는
숨 쉴 수 있는 곳

해가 뜨면 제각기 바쁜 일상을 시작하는
사회 초년생들의 잰걸음 소리가 들리고
해가 질 무렵에는 피곤한 몸으로 마트에 들러
두부 한 모 사오는 비닐봉지 소리가 들린다

밤이 오면 골목길에 나와
연인과 이야기하며 웃음짓고
부모님과 전화하며 눈물짓는
내 또래의 사람들 소리가 들린다

맞은편 건물 세탁소에는
내일 입고 갈 면접용 정장이 나란히 걸려있고
뒷골목 고물상에는
누군가 내다 버린 두꺼운 책들이 쌓여있다

삶은 멋지고 아름다워야 한다고,
그렇게 살겠노라 마음먹었지만
내 맘 같지 않은 세상 일들과
매일 같이 부딪히며,
좌절하고 다시 일어나기를 반복한다

지하철 2호선 낙성대역 원룸 옥탑방

길을 걷는 사람들 보다는 높은

화려한 빌딩보다는 낮은

이곳은, 그런 애매한 청춘들이 있는 곳

Episode 2

낯섦을 받아들이는 방법

⟨Season 4 EEU by. Chaewon Lee⟩

봄이 온 것을 증명이라도 하듯 날이 조금씩 풀려가는 어느 목요일 저녁, '수제 잼&스콘 만들기 수업'에서 밴 달달한 향을 머금고 온 지인 C를 만났다. 카페를 오픈한 지 얼마 되지 않아 아직 많은 시행착오를 겪고 있다는 그녀의 이야기를 들었다.

잘 나가던 워커홀릭 디자이너, 카페 사장님이 되다

C는 1년 전까지 화장품 회사에서 디자이너로 일했다. 어릴 때부터 미술을 좋아하여 대학교에서 디자인을 전공했다. 우연한 기회로 대학교 1학년 때부터 아르바이트를 시작했고, 인턴쉽을 거쳐 특채로 뽑혔다. 그만큼 회사에 대한 남다른 애정을 가지고 있었고, 자신의 능력을 인정받으며 입사했다. 그녀는 소위 '워커홀릭'으로 불리는 부류의 사람이었다. 한때, 프로젝트를 위해 1년 중 348일의 출근과 340번 야근을 했을 정도로 독하게 일을 했다. 그 결과, 스물일곱 살에 회사 내 최연소 팀장으로 승진하며 억대 연봉의 협상에도 성공했다. 그러나 기쁨도 잠시, 능동적으로 참여할 수 있는 기획과 결과를 성취할 수 있는 일을 통해 살아있음을 느끼던 그녀에게 팀장으로서 주어진 관리자 업무는 일 다운 일로 느껴지지 않았다. 그렇게 1년이라는 시간이 흐르면서 그녀는 점점 일에 흥미를 잃었고, 그 무렵 외할머니의 암 투병으로 매주 서울과 군산을 오가며 일과 병간호를 병행했다. 결국, 그녀의 건강에도 적신호가 켜졌다. 산재처리를 받았을 만큼 지나친 과로와 스트레스는 그녀를 잠식하고 있었다. 결국, 갑상선이 심하게 나빠져 휴직계를 내고 쉬어야 했다. 그녀는 휴직계를 내고 쉬

는 동안, 병상에 계신 할머니를 위해 취미로 틈틈이 배워 두었던 수제 견과류 바, 잼 그리고 크림치즈를 메인으로 한 카페를 구상 했다. 그리고 어느 정도 사업계획이 구체화되자, 곧바로 사직서를 내고 카페를 오픈했다. 그렇게 그녀는 카페 사장님이 되었다.

예측 불가능 한 나날의 연속, 초보 사장님의 일상

카페를 시작하면서 C의 일상은 이전과 크게 바뀌었다. 회사라 는 조직은 업무를 처리하는 체계가 잘 잡혀있었기 때문에 주어진 업무에만 충실하면 그만이었고, 다른 부서의 업무에는 신경을 쓸 필요가 없었다. 그리고 그 시절에는 마치 정해진 시간표가 있는 듯 규칙적인 패턴으로 하루를 살았다. 그러나 카페 사장님으로서 그녀의 일상은 불규칙 패턴과 하루하루 예측 불가능한 일들의 연 속이다. 단순히 주문이 들어온 메뉴를 만들어 고객에게 제공하는 것뿐만 아니라, 배달업체 선정, 세금, 신 메뉴 개발, 온라인 쇼핑 몰 운영은 물론 카페 인테리어, 테이블, 잡지, 소품 배치까지 건 물 구석구석 그녀의 손이 닿지 않은 곳이 없을 정도로 그녀는 카 페에서 일어나는 모든 일에 관여하고 있다. 사실, 카페엔 C 말고 도 두 명의 직원이 있고 각자의 역할도 분담되어 있다. 그러나 아직 카페 운영 실무 체계가 잡히지 않은 탓에 크고 작은 실수들이 자주 발생하고, 결국 그녀는 카페에서 일어나는 모든 업무를 직간접적으로 맡고 있다. 업무 이외에도, 그녀의 일상은 아직 썩 만족스럽지 못하다. 간섭하고, 관리해주는 상사가 없으니 자꾸 게을러지게 되고 생활패턴이 나날이 불규칙해졌다. 가게를 오픈하기만 하면 모든 일이 알아서 잘 풀릴 것 같았지만, 헛된 기대였다. 지금까지 디자이너로만 살았던 그녀는 경영, 인사, 세금, 고객관리와 같은 아직은 낯설기만 한 것들에 부딪히며 초보 사장님이 겪을 다양한 시행착오를 겪으며 단단하게 성장 중이다.

〈한옥 by. Foto piece〉

당황하고 헤매는 것조차 멋지다

우리의 삶은 늘 조금씩 변화하며 이 과정은 우리가 알아차리지 못할 정도로 자연스럽고 부드럽다. 우리 모두는 이러한 삶의 변화에 적응하는 법을 자연스럽게 배워왔다. 나이가 들고, 엄마의 품에서 벗어나 친구들 속에서 작은 사회를 맛보고, 자연스레 현실의 사회로 나가는 경우가 그러하다. 그러나, 때론 어떤 특정한 사건들이 맞물려 극적인 삶의 변화를 가져오는 순간들이 있을 수 있다. 우리는 이런 삶의 변화를 맞이하는 태도를 배운 적이 없기에 적잖이 당황할 수도 있고, 나아갈 방향을 잃고 헤맬 수도 있다. 마치, 즐거운 대학생활을 뒤로하고 입대를 한 경우, 유학이나 파견 등으로 낯선 타지에서 맞이하는 새로운 일상과 같이 내 삶의 환경이 급변하는 경우들이 있다.

그런데, 좀 헤매면 어떤가? 혹시라도 길을 몰라 조금 돌아가면 어떤가? 나는 한평생 하나에 몰두해서 끝내 장인의 경지에 이르는 곧은 삶도 멋있다고 생각하지만, 다양한 변화와 시도로 만들어진 굴곡진 인생도 꽤나 멋지다고 생각한다. 따라서, 나는 그녀가 마주하게 된 크고 작은 변화들이 전혀 나쁘다고 생각하지 않는다. 오히려 그녀가 더 성장할 수 있는 기회라고 생각한다.

'속도보다 방향'이라는 말처럼 그녀의 삶이 더 행복해지는 방향으로 나아가면 되는 것이다. 그런 의미에서 그녀가 지금의 상황에서 느끼는 긴장과 압박에서 조금은 부담감을 덜기를 바란다.

영화 〈Now Is Good〉을 보면 대사 중에 '삶은 순간의 연속'이라는 대사가 있다. 그렇다, 삶은 순간의 연속이며 하나의 거대한 서사다. 언젠가 우리가 삶을 되돌아볼 때 그 많은 순간들이 지녔던 의미들을 온전히 이해할 수 있을까? 아마 이해가 되지 않는 순간들이 더 많을 것이다. 그리고 내 삶의 순간들이 이미 정해진 어느 한 의미만 가지지는 않을 것 같다. 매 순간이 내 선택으로 결정되며, 그 선택이 또 다른 의미를 낳게 된다. 그러므로, 언젠가 내 삶을 되돌아볼 때 '내 인생은 어떤 의미일까'라는 물음 대신 '내 인생에 어떤 의미를 부여할 것인가'를 고민해야 한다. 언젠가 그녀가 지금의 순간들에 좋은 의미와 가치를 부여하기를 바란다.

길 위에 핀 꽃

당신은 낯선 길 위에 서 있다
낯선 풍경, 낯선 사람들, 낯선 향기
지나가는 어떤 사람도 당신은 모른다

당신은 어떤 기분인가 설레는가, 두려운가
어떤 이들은 낯선 것들에 설레며 낯섦을 적극적으로 반기고,
어떤 이들은 낯선 것들이 두려워 자신을 방어한다

알지 못하는 것에 대하여 겁이 나는가
알아가는 것에 대하여 신이 나는가

낯섦이 당신에게 주는 것은 세 가지의 기회다
새로운 것들을 알 수 있는 기회이며
내가 나를 변화시킬 수 있는 기회이고
내가 나를 온전히 알아가는 기회이다

삶이란 늘 가늠할 수 없는 일들로 가득하며
때론 진부하다고 느껴지는 것들로 넘쳐난다

낯섦을 받아들이는 방법

삶은 끝을 알 수 없는 길이며,
산다는 것은 그 길을 걷는다는 것

지금 당신은 어떤 길 위에 서있는가
그 길을 걷다 보면 당신은 행복해질 수 있는가

언젠가, 세 번의 자살을 시도한 중년의 남자는
낯선 길 위에서 글을 쓰기로 결심한 후 세계적인 대문호가 되었고,
수십 년 뒤, 지구 반대편에서 살아온 한 청년은
그 길 위에서 자신을 사랑하는 법을 배웠다

낯섦이 주는 축복은 '당신은 어떻게 살아왔는가'보다
'당신은 앞으로 어떻게 살아갈 것인가'라는 질문을
더 가치 있게 해 준다는 것이다

당신은 지금 혼란스러운가,
괴롭고 고통스러운가
자신이 어떤 사람인지, 무엇을 좋아하는지,
어떤 가치를 지니고 있는지, 모르는 채 답답해하고 있는가

낯선 길에 선다는 건 자신에게 기회를 주는 것
얼마나 긴 여행이 될지, 어떤 경험을 하게 될 지,
어떤 감정을 느낄 수 있을지 그 누구도 알지 못한다

이 세상 그 어느 꽃도 흔들리지 않고 피어나지 않았다

흔들림, 그것은 낯선 길
그 길 위에서 당신이 꽃피운다면
당신을 사랑하는 모든 이들에 대한 보답이자,
당신 스스로에게 줄 수 있는 가장 큰 선물이 될 것이다.

〈해와 꽃 by. Foto piece〉

Episode 3

꿈의 이유

싱어송라이터 Y 의 데뷔 1 주년, 오늘만큼은 팬이 아닌 인터뷰어로서 그를 만났다. 공연장에서 관객으로 주로 만나던 그와 오랜만에 사석에서 마주했다.

사실, Y 를 처음 알게 된 것은 그가 속한 밴드의 음악을 통해서였다. 공연 중엔 좀처럼 입을 열지 않는 그였기 때문에 처음엔 다가가기가 무척이나 어려웠다. 어느 날, 공연 중간 쉬는 시간에 야외에서 쉬고 있던 내게 다가와 인사를 건넨 그 덕에 인연은 시작되었다.

우물 안 개구리, 세상을 만나다

Y 는 한국과 뉴질랜드에서 중고등학교를 나와, 미국 버클리 음대를 졸업했다. 가족과 떨어져 뉴질랜드에서 지내던 그는 에릭 클랩튼, 레드 제플린, 지미 핸드릭스와 같은 뮤지션들의 음악에 매료되어 기타를 독학했다. 성인이 될 무렵, 자연스레 버클리 음대 진학을 희망했고 본교가 있는 미국 보스턴에서 오디션을 치렀고 운이 좋게도 합격했다. 입학 오디션에서의 기타 실력이 뛰어났다는 평가를 받으며 입학과 동시에 3 학년까지의 학점을 전부 인정받아, 곧장 4 학년 수업을 들었다. 전 세계에 내로라하는 음악 수재들이 모인다는 버클리 음대에서 그는 2 년간 학생회장을 맡을 정도로 활발히 대학생활을 하며 조기졸업까지 했다.

대학 졸업 후, 그는 뉴욕에서 1 년 동안 프리랜서 연주자로 활동했고 그 시절이 그의 인생에서 뮤지션으로서 가장 많이 성장한 시기였다. 소위 스펙으로는 꿀릴 게 없던 그였다. 그러나 인생은 실전이었고, 오로지 실력으로만 평가를 받는 프로의 세계에서 여러 프로 뮤지션들은 그에게 듣기 좋은 말보다 냉정한 평가를 주곤 했다. 마치 우물 안 개구리가 세상을 만난 격이었다. 그는 오로지 실력을 키우겠다는 각오 하나로 뉴욕 생활을 버텼다. 돌아보면, 그 시절 매일 같이 쏟아지던 프로 뮤지션들의 혹독한 평가들이 결국 그의 음악적 역량 향상에 엄청난 밑거름이 되었다.

단 한 번도 의심하지 않은 음악

그가 처음 음악을 시작할 무렵, 에릭 클랩튼은 그의 전부였다. 열일곱 살이었던 Y 는 그처럼 머리를 기르고, 안경을 걸치고 다녔다. 지금도 그의 지갑 속엔 그 시절의 모습이 담긴

주민등록증이 있다. 아마, 로큰롤 팬이었던 그의 아버지의 영향도 있었던 것 같다. 대학시절, 그의 음악 취향은 전설적인 재즈 뮤지션 '마일즈 데이비스'와 '존 콜트레인'을 향했고 그만큼 재즈에 흠뻑 빠져 살았다. 그들의 영향으로 트럼펫과 색소폰을 배우기도 했다. 덕분에 군악대에서 트럼펫을 연주할 수 있었다고 했다.

인터뷰 중 그에게 음악에 회의를 느낀 적이 없었는지 물었다. 그의 대답은 꽤 단호했다. 그는 지금까지 단 한 번도 음악을 의심하지 않았다. 주변에 음악을 하는 사람들 열에 아홉은 나이가 서른에 가까워지면 현실적인 어려움에 부딪히며 음악을 포기한다고들 한다. 그는 많은 뮤지션들이 음악을 포기하는 것, 그 자체로는 안타깝지만 한편으로는 현실적인 생활을 위해 지금까지의 모든 것을 포기하고 전혀 다른 삶을 선택하는 모습을 존중하고 그 또한 멋지다고 했다. 물론, 그가 음악이라는 분야에서 다른 사람들보다 잘났거나 운이 좋다는 생각을 할 수도 있지만, 나는 그의 부단한 노력이 크게 한몫을 했다고 생각한다. 사실, 그는 음악이라는 분야 안에서 끊임없이 변화했다. 로큰롤에서 재즈로 음악적 취향이 변하기도 했고, 연주자로서 수많은 세션에 참여도 했다. 그리고 지금은 자신만의 음악을

35

위해 싱어송라이터의 삶을 선택했다. 끊임없는 노력과 그에 따른 변화를 능동적으로 받아들이는 그의 태도가 지금의 Y 를 있게 한 것이다. 과거에도, 지금도 그리고 앞으로도 뮤지션의 삶일 것이라고 말하는 그에게서 왠지 모를 확신이 느껴졌다.

음악을 하는 이유

Y 는 최근 디지털 싱글 작업을 마치고 한 달간 휴식을 취하고 있다. 사실 그는 싱어송라이터로서 휴식을 취하고 있는 것뿐이었다. 벌써 3 년째, 국내 제일의 실용음악과에서 강의를 하고 있다. 그는 코로나바이러스 사태로 인해 온라인 강의를 진행하지만, 학교에 오가지 않는 것만으로도 휴식이라고 말한다.

새로운 곡에 대해 말하던 중 흥미로운 이야기를 들었다. 이번 곡은 미국과 한국에서 작업을 했고, 다음 달 발표 예정이다. 그는 이번 곡이 그의 인생에서 지금까지 가장 특별한 곡이라고 소개했고, 나는 그 이유를 물었다. 그는 지금까지 뮤지션으로 살아왔고, 앞으로도 평생 뮤지션으로 살겠지만 그동안 음악을 했던 이유는 그냥 꿈이기 때문이다. 그런데 최근 자신이 음악을 해야 하는 이유를 찾았다고 했다. 비틀스, 밥 딜런 등의 뮤지션들은 세상을 바꿨다며 꽤나 흥분된 목소리로 말을 이어가며, 조지 헤리슨의 콘서트를 예로 들었다.

1971 년 뉴욕 매디슨 스퀘어 가든에서 열린 조지 헤리슨의 'The Concert For Bangladesh'는 인류 최초의 자선공연이었다. 조지 헤리슨은 인도의 뮤지션 라비 샹카르로부터 방글라데시에 대해 듣게 되었고, 그곳에서는 자신이 속한 환경에서는 상상도 못 할 가난, 자연재해, 전쟁 등으로 인해 수많은 난민이 발생하고 죽어가고 있다는 사실을 알게 되었다. 그는 여러 뮤지션들에게 도움을 요청했고 결국 라비 샹카르, 링고 스타, 에릭 클랩튼, 밥 딜런, 리언 러셀, 빌리프 레스턴 등 슈퍼스타들이 노개런티로 참여하여 콘서트를 진행했다.

두려워하지 마 눈을 감아야 보이는걸

정답이라는 건 마치 신기루야

상처뿐이라 말한대도

그냥 그대로 너를 사랑해

어떠한 아픔도, 어떤 이별도

그 이유를 물을 수 없지만

영원히 우리들 안에 빛을 내는 건

마음이야

- 〈마음〉 중에서

〈The Concert For Bangladesh〉에 대해 알게 된 후, Y 는 처음으로 자신이 음악을 하는 이유를 생각해보았다고 했다. '따뜻한 마음', 그가 앞으로도 계속 음악을 할 이유다. 그리고는 자신의 곡들 중 '마음'이라는 곡을 특별히 아낀다며, 음악을 하는 이유와 그 의미를 온전히 담았기 때문에 가장 특별한 곡이라고 자랑 아닌 자랑과 홍보 아닌 홍보를 하며 인터뷰를 마쳤다.

Koi's Law (코이의 법칙)

그와의 인터뷰를 정리하다가 문득 '코이의 법칙'이 떠올랐다. 코이는 어항에서 기르면 피라미가 되고, 강물에 놓아두면 대어가 되는 신기한 물고기다. 코이의 법칙은 자신을 둘러싸고 있는 환경에 의해 몸과 마음의 크기가 결정된다는 이론이다.

Y 를 인터뷰하면서 그의 세상이 점점 커진다는 생각이 들었다. 독학, 버클리 음대를 거쳐 재즈의 성지 뉴욕에서의 생활 그리고 더 나아가 싱어송라이터로의 삶과 같은 그의 끊임없는 변화는 마치 어항에서 연못과 강물을 거쳐 바다로 나아가는 물고기와 같았다. 수많은 만화의 주인공들이 그러하듯, 그의 세상이 넓어질수록 그가 경험할 수 있는 많은 기회들이 주어졌다. 그리고 그는 주어진 기회들을 통해 음악적 역량을 키웠다. 많은 사람들이 삶을 되돌아볼 때 가장 후회하는 것 중 하나가 '여행을 조금 더 자주 할 걸'이라는 기사를 본 적이 있다. 여행은 더 넓은 세상에 나아가 내 몸과 마음을 성장시킬 수 있는 가장 좋은 방법이다. 물론 '유럽의 어느 도시에서 한 달 살기' 혹은 해외 유학, 취업 등의 기회가 주어진다면 더없이 좋겠지만, 잠깐의 쉼도 눈치를 볼 수밖에 없는 사회에서 살고 있는 많은 사람들에게는 일 년에 단 며칠의 여행만으로도 충분하지 않을까

생각한다. 나를 전혀 모르는 사람들이 바라보는 내 모습, 낯선 풍경, 조금은 다른 삶의 방식, 그들의 언어, 새로운 친구들, 나를 옭아매는 모든 것으로부터의 온전한 자유를 온몸으로 마주하며 우리는 어제보다 더 나은 사람이 될 수 있다고 믿는다.

꿈의 이유

그는 단 한 번도 뮤지션의 길을 의심하지 않았다.

꿈이라는 목적지가 있었으니까.

그러나, 그것만으로는 부족하다.

그가 음악을 하는 이유를 찾았듯이,

우리는 꿈의 이유도 함께 생각해야 한다.

꿈의 이유는 한 걸음 더 나아갈 수 있게 하는 동기를 부여하며,

가야 할 옳은 방향을 알려주기 때문이다.

꿈은 그 자체로 이미 가치 있지만,

이유 있는 꿈은 의미를 지닌다.

⟨Dreamcatcher by. Foto piece⟩

Episode 4

잠시 숨 고르기

〈한강의 저녁 by. Foto piece〉

이전 글을 마무리할 무렵, 다음 인터뷰 상대로 친구 B 가
생각났다. 고등학교 2 학년으로 올라갈 무렵, 우리는 문과와 이과
중 하나를 선택해야 했고 시와 음악을 좋아했던 나는 문과를,
수학과 과학을 좋아하던 B 는 이과를 택했다.

B 는 그의 재능을 살려 당시 과학기술 발전을 위해 국가에서 설립한 UNIST(울산과학기술원) 기계공학과에 진학했다. 성인이 된 이후엔 사는 곳이 서울과 울산으로 멀어지고 내가 오랫동안 해외에 머무는 시간이 많아지는 탓에 자주 볼 수는 없었지만, 그래도 늘 방학이면 만나 그간 어떤 추억이 생겼는지 이야기하곤 했다. 최근, 잘 다니던 대기업에서 퇴사한 뒤 이직을 준비하고 있는 그에게 인터뷰를 요청했고 그는 흔쾌히 응했다.

긴 터널을 지나오면서 끝없이 느꼈던 불공평

오랜만에 만난 B 와 가벼운 안부를 나눈 뒤, 본격적으로 인터뷰를 시작했다. 그에게 삶과 일상에 대한 생각을 물었다. 그렇지 않아도 상반기 채용시즌이 시작되면서 요즘 자소서를 쓰고 고치길 반복하며 살고 있다고 했다. 첫 취업에 준비했던 자소서는 소위 '자소설'이었기에 이번 기회에 솔직하게 써보고 싶다고 했다. 단 한 번도 자신의 삶을 이렇게 깊고 세밀하게 들여다본 적이 없다고 한다. 그에게 과거는 지나온 터널이며, 그 긴 터널을 지나오면서 끝없이 느꼈던 불공평으로 기억된다. B 는 독학으로 4 년 전액 장학금을 받으며 대학에 입학했다. 처음엔 경제적으로 부모님께 손 벌리지 않고 자유롭게 하고 싶은 일을 할 수 있을 거라는 기대와 함께 그의 20 대는 시작되었다. 처음엔 대학생활도 재미있었고 친구들도 많이 사귀었다. 그러나 그것도 잠시, 집안 형편의 문제로 생활비를 위해 벌었던 과외비를 집에 보내는 일이 잦아졌고, 정작 그는 생활비가 없어 여행이나 운동은 고사하고, 기숙사 밖으로 나가지도 않았다. 자연스레 성적이 떨어져 장학금을 받지 못하기도 하는 등 홀로 힘든 시간을 견디고 있었다. 원래 그는 대학 졸업 후 방위산업체, 연구시설 등 대체 복무 제도를 계획했지만, 답답한 현실로부터 잠시라도 벗어나고자 2 학년을 마친 후 현역으로 입대했다. 그렇게 4 년이라는 시간을 의미없이 보내는 동안, 그는 경제적 지원을 받으며 큰 걱정 없이 20 대를 즐기는 대학 동기들과 자신을 끊임없이 비교하며 좌절하곤 했다. 이 무렵, B 는 자신이 살고 있는 세상이 참 불공평하다는 생각을 했다.

탁구, 작은 위로

복학 후 그의 삶은 전과는 많이 달라졌다. 집안 형편은 조금씩 나아지기 시작했고, B 는 잠을 줄여가며 공부와 일을 병행했다. 지금까지 그의 인생에서 가장 치열하게 살았던 시간이었다. 이 무렵 그의 유일한 취미는 '탁구'였다. 고등학교 시절부터 청소년

탁구동아리를 직접 만들고 운영할 정도로 그는 탁구를 좋아했다. 어느 날, 평소처럼 지인들과 탁구를 치던 중 문득 '탁구는 참 공평한 스포츠인 것 같다'라는 생각을 했다고 한다. 탁구에는 절대 강자가 없으며 경기의 승패와는 상관없이, 정해진 규격의 탁구대 위에서 아무리 강자라도 찰나의 순간 집중력을 잃으면 약자에게 점수를 줄 수 있다는 것이다. 실력의 차이에도 불구하고, 집중력을 잃지 않으면 한 번쯤은 승리를 해볼 수 있다는 사실이 그에겐 공평함으로 다가왔다. 어쩌면, 탁구를 치는 동안만은 그가 느낀 불공평에 대해 잠시나마 위로받을 수 있었을지도 모르겠다.

⟨city 1 by. Foto piece⟩

나를 위해 꼭 해야만 하는 치열한 고민

그의 첫 취업은 전공을 살린 모 대기업의 중공업 메카닉 디자이너였다. 말하자면 중공업에서 작동하는 크고 복잡한 기계들을 설계하고 관리하는 직무였다. 처음 발령된 근무지가 창원이었기 때문에 그는 2년 동안의 직장생활 내내 회사 기숙사에서 지냈다. 비교적 높은 초봉으로 일을 시작한 그를 보며 나는 앞으로 그가 평탄한 길만 걷게 될 것이라고 생각했었다. 하지만 2년이 지난 현재 그는 퇴사를 하고 이직을 준비 중이다. 불편한 인간관계나 더 높은 연봉 등의 일반적인 이유를 생각하며 그에게 퇴사의 이유를 물었다. 그는 잠시 생각을 정리하더니 뜻밖의 대답을 했다. 사실, B는 힘든 환경으로 인해 누구보다 치열하게 20대를 보냈지만, 정작 내가 무엇을 하고 싶은지에 대한 깊은 고민을 할 시간을 갖지 않았던 것을 후회하고 있었다. 졸업 후 남들이 하는 것처럼 취업시장에 뛰어들었고 운이 좋게도 덜컥 채용되었다. 그러나 2년 동안 주어진 일을 하다 보니 수동적인 업무에 싫증이 나기 시작했고, 스스로에게 '내가 하는 일이 어떤 의미를 가지는가? 세상에 이바지를 하는 것인가?'라는 질문을 던졌다. 그의 직무는 굳이 그가 아닌 다른 사람이 와도 충분히 대체될 수 있는 일이었다.

그러던 중 문득 '내가 하는 일이 세상을 위해 조금은 진보적인 것이면 좋겠다'라는 생각에 퇴사를 결심했다고 했다. 얼핏 거창해 보일 수 있지만, 우리의 삶을 조금 더 편하게 혹은 의미 있게 해 줄 수 있는 제품과 서비스 그리고 그 전반적인 과정에 그가 능동적으로 참여할 수 있는 것이 그의 바람이다. 친구들 사이에서 가장 말수가 적고, 고지식하다는 말을 듣던 B 에게서 이런 대답을 들을 것이라고는 상상도 못 했기 때문에 꽤나 흥미로웠다. B 의 의미 있는 퇴사 이유를 들은 후, 앞으로 그가 만들어 갈 앞 날이 몹시 궁금해지기 시작했다.

잠시 숨 고르기

작년, B 가 퇴사를 앞두고 유럽 배낭여행을 계획할 때 나는 산티아고 순례길을 추천했다. 5 년 전, 내가 깨달은 그 소중한 가치를 그도 알게 하고 싶었다. 그가 짊어진 짐들을 내려놓을 수 있길 바라며, 잠시 숨을 고르기 바랐다. 결국, 그는 반신반의 하면서도 마지막 여정으로 산티아고 순례길을 넣었다. 인터뷰를 하던 중 유럽여행에서 가장 좋았던 시간으로 산티아고 순례길을 말하며, 스스로에 대한 기대치가 높았고 그것을 채우지 못하면 심리적인 압박감에 시달렸던 지난날로부터 조금씩 자유로워질 수 있었다고 했다. 내가 바랐던 그의 변화였다. 늘 가족과 주변 사람들의 기대에 부응하지 못하면 안 된다는 강박을 가지고 있던 그였기에 조금이라도 도움을 주고 싶었던 마음이 컸다. 그는 누군가의 기대가 없는 상황이 익숙하지 않았고, 스스로에 대한 책임만을 지는 것이 낯설었지만 결국 시간이 지날수록 스스로에게 만족감을 느낄 수 있었다.

〈 Challenge by. Junghoon Im〉

내게 산티아고 순례길은 5 년 전 유럽 배낭여행의 첫 여정이었다. 너무 치열한 경쟁만을 강요하는 사회에 살고 있다는 생각이 들 무렵 파울로 코엘료의 〈순례자〉를 읽고 그대로 떠났다. 다양한 사람들이 수많은 이야기를 가지고 걷는 길이었지만,

적어도 내겐 숨을 고를 수 있는 시간이었다. 그와 나는 지금까지 살아온 날들보다, 앞으로 살아갈 날이 더 많이 남았다. 우리가 살아가는 동안 지치지 않기 위해, 긴 여정의 중간중간마다 숨 고를 수 있는 지혜를 갖길 바란다.

> 오래전, 산티아고 대성당을 들어오며 순례를 마치는
> 어느 벨기에 노부부에게 한 기자가 이런 질문을 했다.
> *"당신은 길 위에서 무엇을 얻으셨습니까?"*
> 그러자, 노신사가 미소를 지으며 대답했다.
> *"아무것도 얻은 것은 없습니다.*

미안한 마음을 담아

인터뷰 내내, 그동안 많이도 힘들고 아파했을 그에 대한 미안한 마음이 가시질 않았다. 마치 종이 결에 손 끝이 베인 것처럼, 작은 상처들은 순간순간마다 신경 쓰이고 아프다. 이미 지나간 일이라고 웃으며 괜찮다고 말하는 B 에게, 늘 곁에 있으면서도 몰랐던 미안한 마음을 전한다.

여행을 마치는 너에게

한 걸음 떼기가 어렵지,
막상 한 걸음을 떼면 다음 발걸음이 자연스레
따라오는 걸 경험해보지 않은 사람은 알 수가 없다.

너와 다른 삶을 살아온 타인들의 낯선 일상에서
그럭저럭 잘 지내고 있는 너를 발견한 것만으로도
충분한 행복이 아닐까라는 생각이 든다.

다시 익숙한 너의 일상으로 돌아오지만,
같은 일상 속에서 전에는 모르고 지나쳤던
숨겨진 가치들과 많은 의미들이 보이겠지.

이와 같은 일상은 너에게 또 다른 여행이 될 테고,
일생 동안 우리는 여행을 하며 많은 생각을 하겠지.

아직 살아온 날보다 살아갈 날이 많이 남은 네 삶
이제는 살아온 길보다 살아갈 길이 더 중요한 네 삶

'성숙'의 의미를 완전히 헤아리지는 못하겠지만,

적어도 그 가치를 온 마음으로 느낄 수 있는

소중한 너의 나날이 펼쳐지길 바란다.

-〈여행을 마친 친구에게 보내는 편지〉

Episode 5

사진 조각

〈Light by. Foto piece〉

선선한 바람이 불던 어느 산책하기 좋은 날, 5년 차 프리랜서 사진작가인 P와 성북동 길을 걸었다. P는 내가 아는 사람 중 제일 긍정 에너지가 큰 사람이다. 4년 전, 처음 만난 순간부터 지금까지 그의 얼굴엔 늘 장난기 가득한 웃음이 가득했다. 길을 걷다가 문득 '그의 삶은 어떨까' 하는 생각에 물음을 던졌다.

"너는 어떤 삶을 살고 있다고 생각해?"

한 순간의 망설임도 없이 나온 그의 대답은 단순했다.

"내가 하고 싶은 일을 하면서 사니까, 난 행복한 삶을 살고 있다고 생각해. 사람들은 많은 걸 포기하면서 살잖아."

단순해서 부럽긴 처음이었다. 이해하기 어려운 말로 내 삶을 형언하지 않는 그가 부러웠다. '얼마나 치열하게 고민하며 사는 삶이었던가?' 생각할수록 어이없는 웃음만 피식 나왔다.

늦깎이 신입생, 사진작가를 만나다

P는 24살에 대학교 신입생이 되었다. 그 사이 세 번의 수능과 2년의 군 복무를 마쳤고, 결국 컴퓨터공학과에 진학했다. 기계를 다루는 것을 좋아했고 그중에서 특히 컴퓨터를 좋아했다. 그리고 가족들은 사회생활을 하려면 대학에 가야 한다고 조언했다. 그가 남들보다 조금은 늦었지만 컴퓨터공학과에 진학한 이유다. 막상 대학에 들어갔지만, 대학생이라는 타이틀을 달고 있는 정도의 뿌듯함 이외에 별다른 기쁨은 없었다. 그 무렵, 그는 패밀리 레스토랑에서 알바를 했는데 우연히 나이가 많은 알바생을 만나게 되었다. 그리고 그 만남이 인생을 바꿔놓을 줄은 전혀 몰랐다.

패밀리 레스토랑에서 알바를 하면서 P와 나이가 많은 알바생은 점점 서로에 대한 이야기를 많이 하기 시작했다. 알고 보니 나이 많은 알바생은 20년 차 사진작가였다. P는 평소 사진 찍는 것에 관심은 있었지만 제대로 배워본 적이 없었기 때문에 그에게 사진을 배울 수 있는지 물었고, 그는 흔쾌히 자신의 스튜디오에서 P가 일할 수 있게 해 주었다. 이후 P는 그 사진작가 밑에서 2년 동안 웨딩 사진 및 스냅사진 등 제대로 사진을 배울 수 있었다.

〈골목길 by. Foto piece〉

제주에서 한 달 살기

P가 한참 사진에 빠져있을 때, 카메라 하나만 들고 제주에서 한 달을 있던 적이 있다. 제주 이곳저곳을 돌아다니면서 먹고 자는 것 이외에는 셔터만 눌렀다. 그가 지금까지 찍은 작품 중 가장 소중하게 아끼는 사진도 바로 그때 찍은 사진이다.

〈고요한 듯 웅장하게 붉게 물들어가는 하늘과 바다, 그 사이 떠밀려가는 나룻배 하나 by. Foto piece〉

예술적 가치가 있는 작품은 그만한 미적 요소도 있어야 하지만, 그것 못지않게 중요한 것은 바로 이야기다. 모든 예술분야에서 작품과 관련된 이야기는 작품의 예술적 가치를 상상 이상으로 높여준다. 위 사진이 P에겐 그런 작품이다. 그는 한 달 내내 제주에서 숨겨진 사진 명소들을 찾아다니며 사진을 찍고 있었다. 어느 날 이른 새벽, 점점 아침이 밝아오는 아름다운 바다 풍경을 바라보던 그는 카메라를 들고 연신 셔터를 누르고 있었다. 그가 있던 곳 아래에서 흰머리의 노인이 한 손에 장화를 들고 가면서 나룻배를 밀었는데, 마침 그가 찍고 있던 풍경의 구도 안에 그 배가 담기면서 너무나도 아름다운 사진이 되었다.

순간의 미학

요즘은 많은 기술이 발전하여 많은 것이 깨끗한 화질의 영상으로, 심지어 4K, 8K 등 육안으로는 구분할 수 없을 만큼 선명한 화질의 영상을 개인이 자유롭게 촬영할 수 있다. 그래서 P에게 사진작가로서 사진이라는 콘텐츠에 대한 미래가 걱정되지는 않는지에 대해 물었다. 그는 고개를 끄덕이면서도, 사진이 가진 매력은 대체될 수 없을 것이라고 단호하게 말했다. 사실 우리의 기억이 그렇다. 어떤 사건을 떠올리면 한 순간의 어느 장면이 떠오를 것이다. 우리의 추억은 그렇게 인상 깊은 순간들이 모여 이루고 있다.

'순간의 미학', 그가 말하는 사진의 매력은 찰나의 감정과 생각 그리고 시선을 한 장에 담아내는 것이다. 사진은 단 한 장으로 깊은 인상을 줄 수 있고, 퓰리처 수상작으로 유명한 〈소녀의 절규〉와 〈수단의 굶주린 소녀와 독수리〉 같이 사람들로 하여금 생각하게 만드는 질문을 던질 수 있다.

〈이라크 전쟁 중 난민들의 빈곤과 기아〉

사진 조각

'Foto piece', 그가 활동하는 작가명에는 그의 이상향이 담겨있다. 삶의 순간들을 사진으로 담아내고, 각 사진들이 조각처럼 모여 그가 바라보는 세상을 보여주는 것이다. 나는 언젠가 친구에게 시인의 시선을 닮고 싶다고 말한 적이 있다. 어느 한 시인을 좋아했던 마음에 그 시인의 시집을 사서 시를 달달 외웠을 만큼, 그가 바라본 세상이 좋았다. 그 시절, 나는 여러 가지 일로 몸과 마음이 지쳐있었고 그만큼 내 눈에 비친 세상은 차갑고 어두웠다. 그러나 그의 시에 담겨있던 세상은 왠지 모르게 따뜻했다. 같은 세상을 살고 있었지만 서로의 눈에 비친 세상의 모습이 달랐다. 그의 시를 좋아했던 건, 그만 따로 사는 세상이 아닌 그와 내가 함께 사는 이 세상을 바라보는 그의 따뜻한 시선이 그 시절의 나를 위로해주었기 때문이다. P와 인터뷰를 하면서, 시인의 시선을 닮고 싶다고 말하던 내 모습이 떠올랐다. 이 세상은 하나일 뿐이지만, 우리가 각자 바라보는 세상의 모습은 모두 다르다. 내가 바라보는 세상의 모습을 누군가에게 전하는 것이 예술의 목적이지 않을까 싶다. 그는 사진으로, 나는 글을 통해 내가 바라보는 세상의 모습을 당신에게 전하고 싶다.

〈기억 by. Foto piece〉

새벽

차가운 입김을 불어대는 이들의 거친 숨소리

나무의 진한 갈색을 닮은 빛이 새어 나오는 카페들

지하철역 한편에서 초라하게 울리는 구세군의 종소리

시린 공기와 섞이지 않은 불 꺼진 상가들의 적막함

서둘러 집으로 향하는 소수의 발걸음

고요한 겨울밤 울려 퍼지는 길 건너 차들의 바람소리

누군가는 이 차가운 어둠을 더 짙게 물들이고

선명히 기억되지 않는 어린 날을 회상하려 애쓰고

성냥팔이 소녀의 성냥 한 개비와 따스한 안식처를

누군가는 기뻐했을 이 날의 마지막을 보낸다

무거운 어둠이 걷히는 순간에 그는 홀로 가만히

이 세상의 고요함을 깨는 아기의 울음소리를 듣고

과거가 되어버릴 이 순간의 먹먹함을 희미하게 되뇌겠지

Episode 6

My father, my superstar

힙하게 변해가는 성수동 골목길에 위치한 아날로그 감성으로 도배된 작업실에서 친구 K 를 만났다. 그는 터키인이며 물 위에 그림을 그리는 터키 전통예술인 에브루 아티스트다.

IL A PASSE, EN FAISANT LE BIEN

항상 보통사람이 되기보다는 특별한 사람이 되고 싶었다는 그에게 이유를 물었다. 그는 먼저 남들이 생각하는 보통과 특별함에 대한 평가는 신경 쓰지 않는다며 그저 본인이 생각하는 특별한 삶을 살고 있다고 이야기했다. 다양한 곳에서 에브루를 알리며 활동하고 싶은 마음에 터키에서 프랑스로 프랑스에서 다시 한국으로의 생활을 하고 있는 게 그 시작이었다. 지금 성수동에 있는 작업실도, 그가 본격적으로 에브루 클래스를 열어 사람들에게 에브루를 가르치기도 하고, 자신의 전시회를 위한 작업을 계속하는 것이기도 하다. 그는 자신의 에브루 작품과 자신의 삶을 기록한 책을 내는 작가도 되고 싶어 했다. 또한, 국제 정치에도 관심이 많아 한국에서 정치외교학 석사과정을 했다. 궁극적으로는 국제기구에서 활동하고 싶은 마음이 크다며, 다양한 방면에서 자신의 재능과 노력을 쓰는 것이 그가 생각하는 특별한 삶이었다. 대부분 사람들에게 직업을 물어보면 하나 이상의 대답이 나오기 힘들지만, 자신은 여러 직업을 꿈꾼다며 세상은 넓고 하고 싶은 일이 아주 많다고 했다. 그가 꿈꾸는 그의 마지막 모습은 남아있는 사람들에게 좋은 모습으로 기억되는 것이다. 그는 20 대 중반에 유럽연합(EU)의 지원으로 프랑스에서 예술가로 활동을 했었는데, 우연히 노르망디의 한 성당 앞을 지나가다가 다음과 같은 묘비명을 보았다고 했다.

'IL A PASSE, EN FAISANT LE BIEN'

'그는 잘 살다가 떠났다', 이름 모를 묘비의 주인, 그의 삶이
바로 K 가 바라는 삶이었다. 가브리엘 가르시아 마르케스의 〈백
년 동안의 고독〉을 언급하며 예술가로서의 감정과 생각들을 글로
써서 책을 내고, 그 책의 마지막 장을 넘기며 사람들의 얼굴에
기쁨이 있었으면 좋겠다고 했다. 그가 떠난 후에 그는 없지만, 늘
그의 작품들이 남아있을 걸 생각하면 행복하다고 말하며, 먼
훗날 자신을 떠올리는 사람들의 기억에 잘 살다가 떠난 사람으로
기억되면 그것으로 충분한 행복이라고 말했다.

〈K의 작품들 by. Foto piece〉

아버지의 그늘

그는 잘 살다 떠나는 것에 관하여 이야기하던 중 문득 아버지 이야기를 꺼냈다. 이슬람교가 터키의 국교는 아니지만, 대부분의 국민들이 무슬림이다. 이로 인해 아직도 터키는 굉장히 엄격하고 강한 가부장적 사회가 유지되고 있다. K의 아버지 또한 그런 사회적 분위기에 익숙하신 분이기 때문에 자식에게 애정을 표현하는 것이 많이 익숙하지 않으셨을 것이다. 차분하고 조용한 성격에 깊은 종교적 신념을 갖고 계시기 때문인지, 늘 엄중하고 진지한 모습만을 보이셨다. 이 때문에 어린 시절부터 K에게 아버지라는 존재는 대하기 어려운 존재, 실수를 보여선 안 되는 존재였다. K는 집안의 막내로 태어났고, 아버지를 제외한 유일한 남자다. 그는 아버지와의 관계와는 달리 어머니와 누나들과 늘 가까이 지내고, 마음속 이야기를 다 꺼낼 정도로 깊은 유대감을 갖고 있었다. 그래서인지 K는 한국에서 가족과 영상통화를 할 때, 그들에겐 자연스럽게 대화를 하지만 아버지와 통화를 할 때에는 늘 곧은 자세로 바로 앉아 늘 딱딱하게 굳은 표정으로 대화한다. 지금까지 그에게 아버지는 늘 그런 존재였다. 그러던 그가 최근 아버지에 대한 생각이 많이 바뀌었다고 말했다.

앞으로 그가 가장 닮고 싶은 한 인간이자, 뛰어넘고 싶은 단 한 사람. 바로 그의 아버지였다. 아버지, 그가 잘 살다가 떠났다고 말할 수 있는, 인정받고 싶은 단 한 사람.

〈골목길2 by. Foto piece〉

70

서로를 이해하려는 노력

K 가 아버지를 어떻게 생각하는지 이미 잘 알고 있었기 때문에, 그가 아버지를 닮고 싶다고 말한 것이 선뜻 이해가 되지 않았다. 아버지의 존재는 늘 그를 얼어붙게 만드는 존재였고, 그런 아버지는 멀리 타지에 있는 아들에게 애정 어린 표현을 하지 않았기 때문이다. 그래서 K 에게 아버지에 대한 생각이 바뀌었는지 물었다. 그는 잠시 생각을 정리하고 대답했다. 사실, K 와 그의 아버지는 성향이 매우 다르다. K 는 정치적으로나 종교적으로나 자유주의 신념을 가진 반면, 그의 아버지는 종교적 신념, 정치적 신념 모두 강하게 보수적인 성향을 가지셨다. 그래서 아버지와의 대화는 늘 자신의 의견보다 아버지의 의견이 더 중요했고, 둘의 관계는 K 가 자신의 의견을 내비치지 않는 선에서 그치기 마련이었다.

그런데 얼마 전 K 는 아버지께서 자유주의에 대해 공부하고 계신다는 이야기를 들었다. 자식과 조금 더 깊은 대화를 하기 위해, 자식의 의견을 존중하며 이해하기 위해 67 세의 나이에도 불구하고 새로 공부를 시작하셨다고 했다. 이러한 변화는 그동안 K 가 상상하지도 못한 아버지의 모습이었다. K 는 아버지의 이러한 변화에 크게 감동받았다고 한다. 자신의 경험을 토대로 옳았던 것만을 강요하던 한 어른이 다른 이의 생각을 존중하며 이해하려고 노력한다는 것은 결코 쉽지 않은 일이다. '꼰대'라는 단어가 왜 현대 사회에 만연한 단어인지를 생각해보면 이해하기 쉽다.

K 는 아버지가 자신을 이해하려는 노력을 하고 계신 만큼 자신도 그의 삶을 이해하려고 노력하고 있다고 말했다. 가부장적 사회 속에서 아버지로 살아간다는 것은 그만큼 가족에 대한 헌신과 책임을 짊어지고 살아간다는 것을 의미한다. 늘 엄하기만 했던 아버지, 자식들에게 애정 어린 표현을 하지 않으셨던 아버지, 힘들다는 말을 한 번도 내뱉지 않은 아버지. 분명 당신이 지치고 힘들 때도 있었겠지만, 모든 것을 혼자 짊어진 삶의 무게가 얼마나 견디기 힘들었을까 생각할수록 '나는 그럴 수 있을까'라는 질문을 해보지만 지금의 자신은 그럴 용기가 없을 것 같다고 했다. K 가 아버지의 삶을 이해할수록, 그를 존경하게 된다고 말했다.

나는 당신의 자부심입니다

　K 는 아버지를 존경하는 동시에 그보다 더 멋있고, 현명하게 그리고 명예롭게 살고 싶다고 말했다. K 는 언젠가 그가 책에서 읽은 글귀를 소개했다.

> 'If the son cannot be better person than his father,
> both of them are failed'
>
> 만약, 아들이 아버지보다 나은 사람이 될 수 없다면,
> 그들은 모두 실패한 것이다.

　그는 앞으로의 삶이 어떻게 변화할지 아직은 잘 모르겠다고 한다. 하지만 확실한 한 가지, 자신의 삶이 더 좋은 방향으로 나아갈수록, 그가 조금 더 나은 사람이 될수록 그 스스로 아버지 앞에 당당한 아들이 될 수 있을 것이라는 것이다. 그에게서 전에는 볼 수 없었던 여유로운 미소를 보았다. 마치 평행선 위를 걷는 것처럼 절대 맞닿을 것 같지 않았던 K 와 그의 아버지는 그렇게 서로를 향해 조금씩 다가가고 있다.

My father, My super star

K 와의 인터뷰를 통해 아버지라는 존재에 관해 다시금 생각해보는 계기가 되었다.

'슈퍼히어로' 어렸을 때 우리는 모두 부모의 등을 보고 자란다. 특히, 아버지의 등은 한없이 크고 넓게만 보인다. 강철로 된 어깨에 목마를 태우고 무거운 짐을 크고 두꺼운 손으로 번쩍 드는 슈퍼 히어로, 아이에게 아빠는 그런 존재가 된다.

'다른 아빠들과의 경쟁' 아이가 처음 또래 집단을 마주하게 되면 겪는 흔하디 흔한 일. 이 무렵 아이에겐 우리 아빠가 세상에서 제일 잘난 존재다. 그와 동시에 가장 무섭고 엄격한 존재가 된다. 아이가 조금씩 성장하며 세상에 대해 알아갈 무렵, 우리 아빠가 세상에서 가장 잘난 존재가 아니라는 사실을 깨닫는다.

세상엔 아빠보다 부자인 사람도 있고,

힘이 센 사람도 있고, 키가 큰 사람도 있다.

아이가 성장할수록 아빠는 작아진다.

내가 좋아한 히어로는 그렇게 사라져 간다.

'의식의 성장' 그러나 이내 우리는 깨닫게 된다. 그는 이 세상에서 나를 가장 사랑하는 존재라는 걸. 이러한 의식의 성장과정을 통해 우리는 부모님을 이해하게 된다. 언제나 그렇듯, 그들의 모든 것을 이해할 수는 없겠지만.

존경합니다

내가 기억하던 나의 어린 시절은 정말 부유했다. 수많은 어른들이 우리 집에 찾아왔고, 늘 술과 고기를 잔뜩 먹고 돌아갔다. 아버지에 대한 첫 기억은 맥주와 담배 그리고 사람들이었다. 사춘기가 시작될 무렵 집안 형편이 많이 어려워졌고 그 모든 부담을 짊어진 부모님의 어깨를 그 시절의 나는 보지 않았다. 당시 내가 속해있던 가장 큰 사회 집단은 학교였고, 학교에서는 집안의 형편이 많이 어렵다는 걸 티 내지 않았다. 같이 어울리던 친구들이 성적이 좋다는 이유로 그들과의 관계를 위해 공부를 했다. 뒤쳐지는 게 싫었고, 내 잘못이 아닌 일 때문에 내가 누군가로부터 동정의 눈빛을 받는 것을 무척이나 자존심 상하는 일로 여겼었다. 밖에서 티를 내지 않으려면, 그 모든 불만을 가슴속 아주 단단한 상자에 담아 단단하게 꽉 닫아야만 했다. 그 시절 내 가슴속엔 늘 뜨거운 분노가 가득했다. 분노는 누구를 향하는 것인지, 얼마큼 쌓여 있는지 중요하지 않았다. 그냥 계속 누르기 바빴다. 그러다 보니 누가 나를 조금만 건드려도 신경질을 부렸고, '짜증 난다'라는 표현을 입에 달고 살았다. 그렇지만, 나는 정말 최선을 다해 꾹 참고 있었다. 내가

10 대에 가장 많이 들었던 말은, 우리 정훈이는 일찍 철이 들었다는 말이다. 친척들에게, 선생님들처럼 내 주변에서 나를 보던 모든 어른들은 늘 한결같이 철이 일찍 들었다는 말을 했다. 그게 칭찬인지, 동정인지 구분하지도 않은 채, 부모님께 짐이 되지 않으면서도 또래 친구들이 눈치채지 못하게 나를 철저히 가두어야 했다. 어른들이 했던 철이 들었다는 말은 내게 그런 모습을 강요하는 듯했다. 성인이 된 후, 집안의 형편이 나아지면서 가까운 친구들에게 내가 숨기고 있던 것들을 하나 둘 털어놓았다. 그러면서 미안함과 고마움을 느꼈던 것 같다. 내 마음은 그렇게 서서히 풀렸다. 내가 받았던 모든 압박으로부터 자유로워졌다. 적어도, 내 입장만 생각하면 그랬다. 성인이 되었어도 나는 아버지의 마음은 신경 쓰지 않았다. 그가 나를 위해 포기해야 했던 것과 포기하지 않았던 것을 생각하지 않았다.

시간이 많이 흘러 최근에 아버지의 뒷모습을 본 적이 있다. 조금 더 컸던 내가 변한 걸까, 그의 모습이 나를 돌아보게 만들었던 걸까. 어디서부터 어떻게 말씀을 드려야 할지 한참을 생각했다. 내가 당신을 그토록 원망했다고, 내가 당신에게 미안하다는 말 한마디 제대로 한 적이 없다고, 지금까지

버텨주어서 진심으로 고맙다고. 수많은 생각이 들었지만, 내가 할 수 있는 말이 없었다. 지난 시간, 나에게 그는 세상에서 가장 멋진 사람이었던 적도 있었지만, 세상에서 가장 멋지지 않은 사람이었던 시간이 더 길었다. 그러나, 어느덧 나를 처음 만났을 때의 그의 나이를 훌쩍 넘은 지금의 나는 그가 너무 멋있어 보인다. 나는 그 상황에서 그와 같은 선택을 할 수 있을지 잘 모르겠다. 지금까지도 그에게 사랑한다는 말을 쉽게 꺼내지는 못한다. 그와 나 사이에는 큰 거울이 있는 것 같다. 그에게 마음을 표현하려고 할 때마다 나를 꼭 닮은 당신에게 사랑한다는 말을 하는 것이 괜히 민망해지곤 하기 때문이다. 그럼에도, 이 글을 빌려서라도 내 마음을 꼭 전하고 싶다.

Dear. My father, my superstar

"당신의 멋지지 않은 모습도, 당신의 눈물도, 당신의 미안함도 고맙고, 사랑합니다. 저는 늘 당신의 아들이자 팬입니다."

〈들꽃 by. Foto piece〉

노란 가을

천고 마비의 계절,
아직 온 산을 뒤엎는 붉은 물결은 없다.
나뭇잎이 아직 제 색을 찾지 못하고
네 머리 위 꽃은 아직 피지 않았다.

오늘 새벽녘 찾아온 여름 아닌 계절
마음이 울렁거려 고개를 숙이다,
문득 눈앞에 펼쳐진 노오란 꽃들

어느새 온 땅 위를 수놓은 노란 꽃
그 꽃, 가져다 아침밥에 섞어 내어놓은
어머니의 둥근 밥상

언젠가 마음이 갈대가 되어 주저앉을 무렵 보이는
바닥에 핀 노오란 꽃들
걷잡을 수 없이 떠오르는 구수한 밥상

Episode 7

난간 없는 계단을 조심스레 오르는 것

〈위로 by. Foto piece〉

내겐 얼굴만 보아도 웃음이 나는 사람이 있다. 장난기 가득한 눈빛을 멈출 수 없는 사람이 있다. 뒤늦게 확인한 부재중 전화에, 무슨 일이 생긴 것은 아닐까 걱정부터 하게 되는 그런 사람이 있다.

한적한 주말 오후 한남동 카페에서 맑은 하늘을 그대로 담은 듯한 원피스를 입고 온 S를 만났다.

반전에 반전에 반전

S 는 남들보다 훨씬 좋은 조건의 삶을 살고 있다. 오랜 해외 생활로 5 개 국어를 하며, 스위스와 한국 두 곳에서 대학을 졸업하여 소위 부러운 스펙을 갖고 있다. 현재의 상황이 마음에 들지 않으면 언제든지 바꿀 수 있는 경제적 지원도 뒷받침되고 있다.

우리가 처음 만난 곳은 대학교 캠퍼스였다. S 는 스위스에서 대학을 졸업한 뒤, 한국에 돌아와 내가 다니던 대학교에 편입했다. 그녀의 첫인상은 강렬했다. 명품 백과 구두 그리고 캠퍼스 안에서는 상상하지 못했던 선글라스를 쓰고 잔디밭을 활보하던 그녀였다. 내게 S 의 첫 모습은 남들의 시선 따위는 신경 쓰지 않는 듯한 당당함과 함부로 말을 걸지 못할 것 같은 도도함으로 기억된다.

그러나 그녀를 알아갈수록 그녀의 첫인상은 나만의 편견에 불과했다는 걸 깨달았다. 알고 보면 그녀는 내가 아는 세상 누구보다 여린 사람이다. 언젠가 S 에게 이런 말을 들었다. 해외에서 어린 여자애가 혼자 살면 종종 무시당하거나, 희롱당하는 경우가 있는데 그런 두려움에서 벗어나기 위해 가장 효과적인 방법이 비싼 옷을 입고, 도도하게 보이는 것이라는 것이다. 그녀를 꾸며주는 모든 것은 아주 여린 사람이 스스로를 지켜내기 위한 것들에 불과했다.

나는 유기견이야

인터뷰 중 스스로를 어떤 모습으로 바라보느냐는 내 질문에 그녀는 잠시 숨을 고른 후 대답했다.

"나는 유기견이야"

생각지도 못한 대답이었다. '스스로를 유기견이라고 표현하는 사람이 얼마나 있을까' 생각하다가 이내 그녀의 말을 납득하게 되었다. 내가 아는 그녀는 조금만 사랑을 주어도 모든 걸 내어주는 그런 사람이다.

누군가의 말을 잘 들어주고, 받아주는 사람.

절대 먼저 등 돌리지 않는 사람.

미흡하지만 늘 노력하는 사람.

그런 그녀의 모습은 양날의 검과 같이 엄청난 장점인 동시에 치명적인 단점이 되기도 한다. 본인도 그 점을 잘 알고 있을 것이라는 생각에 문득 속이 상했다.

사실, S 는 마음이 아픈 사람이다. 벌써 몇 년째 심리상담을 받고 있다. 사람들과의 관계에서 오는 불안함과 내면 깊은 곳에 있는 외로움을 이겨내기 위함이다. 병원 일로 바쁘신 아버지, 석사과정으로 바쁜 어머니 그리고 수없이 홀로 보낸 외로운 시간들. 그런 와중에 그녀는 중학생 때 또래 친구들로부터 왕따를 당했다. 그녀는 고등학생이 되자 곧바로 자퇴 후 해외로 떠났다. 아는 사람도 없는 타지에서도 수많은 일들이 일어났다.

매일 같이 느꼈던 차별과 무시 그리고 수없이 많았던 성희롱. 수많은 사람들에게서 보였던 내재된 폭력성. 그러면서도 가족에게 의지하는 법을 몰랐다. 정확하게 말하면 가족에게 의지해도 되는 줄 몰랐다. 그녀는 그런 적이 없었으니까. 누구도 알려주지 않았으니까. 고통과 두려움을 홀로 짊어지고 가기에 그녀는 너무 어리고 여린 사람이었다. 그래서 그 모든 것들이 상처로 남아있다. 그것이 그녀가 기억하는 과거였다.

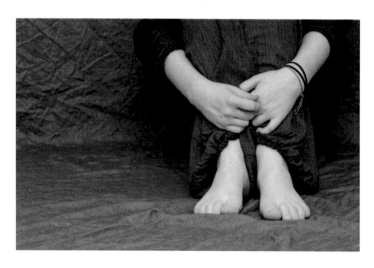

그 모든 과거는 그녀의 건강한 자아를 형성하지 못하게 했고, 지금까지도 상처로 남아 그녀를 아프게 한다. 그 이야기를 들으며 어디서부터 인지 모를 분노가 느껴지기도 했고, 왠지 모를 미안함이 느껴지기도 했다. "나는 유기견이야", 그 말이 한참 동안 머릿속을 맴돌았다.

당신의 사랑으로

S 가 한국으로 돌아온 가장 큰 이유는 정서적 안정 때문이다. S 는 어릴 적부터 유독 할머니를 좋아했고 잘 따랐다. 그녀가 대학을 졸업할 즈음, 그녀가 가장 사랑하는 할머니의 암 투병

소식이 들렸다. 황급히 유학을 마치고 한국에 돌아온 것도 그것 때문이었다.

저희 할머니께서는 결벽증이 심하셨어요. 그런 분께서 집 안에만 계시고 목욕도 제대로 못하셨어요. 그래서 할머니에게 다음 날 목욕탕에 가자고 했어요. 다음 날, 어김없이 오후 1시에 일어났는데 얼굴이 많이 피곤해 보이셨어요. 알고 보니, 할머니는 제가 목욕탕에 같이 가자고 한 게 너무 좋아서 밤새 잠을 설치신 거였어요. 내내 제 방문 앞에서 기다리셨을 할머니를 생각하니 눈물이 왈칵 쏟아졌어요.

얼마 뒤, 할머니의 병세가 안 좋아지면서 요양병원에 입원하셨어요. 어느 날, 보라색 퐁퐁 한 송이를 들고 할머니께서 계신 병원에 갔어요. 누워 계셨던 할머니께서는 꽃 내음을 맡으시고는 "우와~"라며 어린아이처럼 소리 내어 웃으셨어요. 할머니의 병실에 계시던 다른 할머님들이 모두 우리를 바라봤죠. 그때 이미 할머니께서는 말을 잘하지 못하셨어요. 근데 갑자기 할머니가 손바닥을 쫙 펴며 앞으로 내어 보이시는 거예요.

'우리 손녀 5개 국어 할 줄 알아요'

할머니께서는 저를 자랑하고 싶으셨던 거예요.

지금도 정말 많이 보고 싶어요.

할머니의 사랑은 S 가 상처를 치유할 수 있는 커다란 변화를 주었다. 그날 이후, 한국에 오고 나서 처음으로 어머니에게 정서적인 의지를 시작할 수 있었다고 했다. 이후 이곳에서의 삶에 적응하면서 점차 일상의 안정을 되찾았고, 그만큼 부모님과도 건강한 관계로 발전할 수 있었다.

난간 없는 계단을 조심스레 오르는 것

그녀에게 일어났던 수많은 일들, 그런 일들을 겪었을 때 어떻게 반응하고 대처해야하는지 모르는 게 당연했다. 집안에서,

사회에서 그녀에게 강요했던 것은 늘 양보하고, 배려하는 모습이었다. 자신이 피해자인 상황에도 그녀가 할 수 있었던 건 '괜찮아요' 라고 말하며 웃음으로 무마하는 것이 전부였다. 그건 그녀의 선택이 아니었다. 만약 그렇지 않았다면, 누군가 한 번쯤 자신의 이야기를 귀 기울여 들어주었다면, 그녀가 겪고있는 일들을 어떻게 대처해야하는지 알려주었다면, 아마 지금의 모습이 타인에게는 덜 상냥하지만, 적어도 스스로 만족하는 모습이었을 것 같다고 말했다.

그녀는 아직 많은 것이 서툴고 어렵다. 마음에 상처가 가득해서 같은 일이라도 더 깊고 오래 아프다. 그렇지만, 상처를 치유하기 위해 조금씩 앞으로 나아가고 있다. 벌써 여러 해 동안 꾸준히 심리상담을 받고있다. 아마 수 천만원은 더 쓴 것 같다며 웃었다. 물론 전혀 아깝지 않은 돈이다. 스스로의 어떤 모습이 변화했는지 명확하게 알 수는 없지만, 분명 자신이 변하고 있는 것을 느끼고 있기 때문이다. 그녀가 바라는 앞으로의 모습은 '현재에 충실한 삶'이다. '마음이 과거에 있으면 후회를 안고 살고, 마음이 미래에 있으면 불안을 안고 산다.' 그런 것에 얽매여 '지금'을 등한시 하면 안된다고 말하며 현재에 충실하기위해 노력하는 중이라는 말과 함께 인터뷰를 마쳤다. 그녀는 오늘도 난간 없는 계단을 한 발 한 발 조심스레 오르고 있다.

빛은 어둠의 부재다

횡단보도 앞에서 초록 불을 기다리고 있으면, 저 멀리 건너편에서 이미 머리 위로 손을 흔드는 S 의 모습을 자주 본다. 만남을 뒤로하고 집에 갈 때면, 그녀는 굳이 건널 필요 없는 횡단보도를 같이 건너며 인사를 하고 간다. 그녀는 그런 사람이다. 큰 눈과 입으로 환하게 웃는 밝은 미소를 가지고 있고, 시시콜콜한 농담에 쓰러지며 웃는다. 상대가 말을 시작하면 중간에 끊지 않고 끝까지 귀를 기울인다. 내 눈에 비친 그녀의 모습은 스스로 빛을 내는 멋진 사람이다.

흔히들 어둠을 '빛의 부재'라고 말한다. 우리의 입장에서는 해가 지고 밤이 찾아오는 것처럼 보이기 때문이다. 하지만, 어느 물리학자는 이렇게 말했다.

'빛은 어둠의 부재다'

난간 없는 계단을 조심스레 오르는 것

이 세상에 아무것도 존재하지 않을 때, 즉 태초에 존재했던 건 결국 끝없는 어둠 그 자체다. 빛보다 어둠이 먼저였다는 말이다. 빛은 그 다음이다. 빛은 어둠이 있기에 존재할 수 있고, 그 만큼 밝을 수 있다. 빛과 어둠은 그런 존재다. 많은 상처를 가진 그녀가 밝게 웃는 것처럼, 우리가 밝게 웃고 따뜻한 마음을 가질 수 있는 건, 어쩌면 우리 스스로가 외롭지 않게 하기 위함이 아닐까?

상처와 상처의 만남

> *살아간다는 게*
> *상처와 상처끼리 만나서*
> *그 상처를 비비며 살아가는 거겠지만*
> *당신과 상처를 비빈다면*
> *난 정말 행복할 것 같습니다.*
> 김종원 시인 '좋은 사람' 中

우리는 늘 상처 받고 그 상처를 안고 살아간다. 내겐 그저 그런 하루였던 오늘이 다른 누군가에게는 견디기 힘겨운 하루였을 것이다. 피부에 난 상처는 연고를 바르고 반창고를 붙이면 된다. 얼마 지나지 않아 새살이 난다. 잘 치유한 상처는 흔적도 남지 않는다. 그렇다면, 마음에 난 상처는 어떻게 치유해야 할까? 우리가 아무리 노력한다고 해도 어느 날 갑자기 우리 마음속 상처가 자연스레 치유되지는 않을 것 같다. 마음의 상처는 느리지만 조금씩 아물어갈 수 있는 시간이 필요하다.

시인의 말처럼 우리가 살아간다는 건 상처와 상처가 만나는 것이다. 각자의 상처를 부비며 살아가는 동안 우리가 서로의 곁에 있어줄 수 있다면, 조금씩 서로의 상처를 어루만져준다면, 그걸로 충분하지 않을까?

난간 없는 계단을 조심스레 오르는 것

난간 없는 계단을 조심스레 오르는 것

라디오를 진행하던 어느 날

오래전, 어느 시인이 말하길
'사람이 온다는 것은 실로 어마어마한 일이다
한 사람의 일생이 오는 것이다.'

누군가를 위로하려는 나의 목소리를 들으며
나에게 온 사람이 있다.

아무도 모르는 곳에서도 사랑을 받는 사람
시시콜콜한 일상을 이야기해도 빛이 나는 사람
조용한 카페에서 작은 행복을 느끼는 사람
나이를 허투루 먹지 않는 사람이 제일 멋있다는 사람

닮은 구석이 많은 그 사람을 가만히 생각하니
그 사람을 맞이한 건 어쩌면,
누군가를 위로해주는 내 목소리가 아닌
누군가의 위로가 필요했던 나였을지 모르겠다.

난간 없는 계단을 조심스레 오르는 것

Episode 8

시티팝을 닮은 사람

여름의 풀내음이 진하게 베인 성수동 카페, 의도치 않게 약속시간보다 두 시간이나 먼저 도착하여 전날 미쳐 마치지 못한 글을 이어 쓰기 시작했다.

한창 글을 쓰고 마무리를 할 무렵 M 이 도착했다. 그녀는 현재 대학원에서 박사과정을 끝내고 있기 때문에, 바쁜 와중에 시간을 내어 인터뷰에 응해주는 것에 감사하다는 인사로 입을 열었다.

적수를 만나다

인터뷰를 시작하고 얼마 지나지 않아 이번 프로젝트 중 가장 큰 적수를 만난 것 같은 기분이 들었다. M 은 질문을 질문으로 받거나 묵비권을 행사하는 사람이었다. 현대판 소크라테스를 마주하고 있는 듯한 느낌을 받을 정도였다. 첫 시작은 여느 때와 같이 자기소개였다. 그러나 그녀는 자기소개를 어떻게 해야 할까 고민하다가 누군가에게 보여주기 식의 포장을 하기 싫어서 결국 자기소개를 하지 않겠다는 대답을 했다. 그다음은 스스로 보통의 삶을 산다고 생각하느냐는 질문이었다. 그녀는 이석원의 〈보통의 존재〉를 읽은 이후로는 '보통'이라는 단어가 가진 무거움과 우울함, 그리고 강박을 알고 있기 때문에 보통의 삶을 산다고 말할 수 없다고 했다. 결국 보통이라는 건 어디에도 없는 개념이기 때문에 이 세상 누구도 보통의 삶을 살 순 없다고 대답했다. 당황한 내 표정을 본 그녀는 내게 앞으로의 질문들도 이렇게 답변하겠다고 말하며 미안함을 표했다. 결국, 그녀와의 인터뷰는 보다 일상적인 대화를 중심으로 그녀에 대해 알아가는 방향으로 진행하기로 했다.

나로부터의 해방

그녀에게 SNS 와 같은 여러 매체를 통해 접하게 되는 타인의 삶에 얽매인 적이 있는지 물었다. 그러자 단호하게 그러지 않는다고 말하며, 자신은 늘 과거의 '나'와 지금의 '나'를 비교한다고 했다. 스스로 과거의 자신에게 더 얽매어 있는 것 같다며, 과거의 자신이 지금보다 더 나았다고 했다. 결국, 과거의 자신이 지금의 자신을 바라봤을 때 그 시선이 더 중요한 것이었다. 그렇다고 지금의 그녀가 스스로를 너무 부정적으로 바라보는 것은 아니었다. 다만, 자신이 만족할만한 기준에 부합하지 않는다는 것뿐이었다. 처음 인터뷰를 시작할 때 느꼈던 시니컬한 대답은 단지 그녀가 자신이 어딘가에 노출되는 것을 극도로 싫어하기 때문에 나오는 태도라고 생각했다. 하지만 인터뷰를 진행할수록 그녀의 그런 태도는 엄격한 자기 객관화에서 자연스레 묻어 나오는 것임을 깨달았다.

시티팝을 닮은 사람

결국에는 도달하지 못하는 세상에 대한 그리움

대화의 주제를 바꿔, M 에게 요즘 듣는 음악에 대해 물었다. 그녀는 요즘 들어 시티팝에 푹 빠져 있다며, 전용현의 '가까이하고 싶은 그대'(나미 원곡)를 예로 들었다. 시티팝은 1970~80 년대 버블경제라고 불리는 일본의 경제 호황이라고 불리는 시절에 유행한 음악으로, 이름처럼 도시적이고 세련된 분위기가 특징이다. 그녀는 시티팝이 버블경제 시절 일본의 지나칠 정도의 낙관적이고 낭만적인 분위기가 음악 전반에 반영되어 있다고 했다. 우리는 이미 그 시절의 경제 호황이 얼마 지나지 않아 붕괴된다는 사실을 알고 있다. 그런 의미에서, 그녀는 시티팝이 '결국에는 도달하지 못하는 세상에 대한 그리움'을 느끼게 한다고 했다. 마치, 처음부터 존재하지 않았던 세상을 향해 달리지만, 그것이 성취될 수 없음을 아는 데에서 오는 아련함과 애틋함을 이야기했다. 결국, 그녀에게 시티팝은 아련함과 애틋함이었다. 단순히 음악 그 자체로만이 아닌, 그 시대의 정서와 함께 오는 것이었다. 우리나라의 외환위기 이전의 시대상을 떠올리니 그 말을 쉽게 이해할 수 있었다.

그녀가 시티팝에 빠지게 된 건 1년 전 베이징을 방문했을 때였다. 그녀의 눈에 비친 베이징은 여느 선진국의 도시와 같이 높은 빌딩들로 화려했다. 시기적으로 일본 - 한국 - 중국 순서로 고성장 시대를 맞이했고, 그녀가 있던 베이징은 현대 중국 사회를 가장 잘 반영하고 있었다. 그때, 베이징이라는 화려한 도시를 바라보며 '중국은 고성장의 정점에 도달한 것일까 아니면 이미 고성장이 끝나고 저성장 시대로 접어드는 것일까'에 대한 생각을 하게 되었고, 그 날 베이징의 모습은 그녀에게 왠지 모를 서글픔으로 다가왔다고 했다.

 그녀는 늘 청년과 소수자 문제에 관심이 많았고, 본인 스스로도 저성장 시대의 청년으로서 여러 사회적 문제들을 해결하기 위해 단체를 운영하고 있다. 그녀는 시티팝과 저성장 시대의 수많은 문제들이 맞닿아 있다고 말했다. 버블경제의 끝, 즉 저성장 시대로의 진입은 수많은 사회적 문제들을 야기시켰다. 일본의 버블경제, 우리나라의 외환위기 등 온 끝없는 희망을 향해 달려가는 듯 보였던 경제가 한순간에 붕괴되었다. 많은 기업들이 줄줄이 도산했고, 서민경제는 끝을 모르고 추락했다. 그 시절의 신문의 헤드라인은 유명 기업의 부도 소식이거나 한 가장의

극단적인 선택이었다. 그 여파로 수많은 실직자들이 생겨났고, 비정규직이라는 개념이 도입되었다. 그 이전의 청년들이 꿈꿨던 화려한 미래는 그렇게 사라졌다. 그녀는 시티팝을 들을 때면 그 시절을 회상하는 듯하다며, 베이징에서 느꼈던 서글픔은 아마도 시티팝 음악이 가진 낭만과 낙관적인 분위기와 그 너머 그 시절의 끝을 이미 아는 데에서 오는 허탈함과 아련함이었을 것이라고 했다.

가장 자유롭고 솔직할 때 행복하다

그녀에게 일상에서 느끼는 행복에 관해 물었다. 그러자, 자신이 가장 자유롭고 솔직한 순간이 행복하다고 대답했다. 비 오는 날에 운전을 하며 좋아하는 음악과 함께 창 밖을 바라볼 때, 여행을 떠나 새로운 공간에서 관습적이거나 반복적인 '나'로부터 의도적으로 벗어날 때, 머릿속을 돌아다니는 사람들의 이야기를 소설로 풀어내며 그들을 해방시켜 줄 때를 예로 들었다. 타인에게 자신이 노출되는 것을 극도로 싫어하는 그녀의 성격이 그대로 묻어나는 대답이었다. 타인과 분리되는 나만의 공간 혹은 아무도 나를 모르는 낯선 곳과 같은 곳이 주는 자유를 온몸으로 만끽하며, 있는 그대로의 내 모습을 마주하는 것이 그녀에겐 가장 큰 행복이라고 말하며 인터뷰를 마쳤다.

시티팝을 닮은 사람

 M 의 인터뷰를 정리하던 중, 문득 그녀가 시티팝과 닮은 사람이라는 생각이 들었다. 시티팝이 전해주는 끝없는 희망과 그 꿈이 결국 이루어질 수 없는 환상임을 아는 것에서 느껴지는 서글픔이 그녀와 닮아있는 것 같다. 과거의 자신에게 얽매어있는 그녀가 마치 그때의 자신과 지금을 비교하는 것은 어쩌면 조금 더 이상향을 꿈꾸며 내달렸던 모습을 그리워하는 것은 아닐까 하는 생각이 들었다. 물론, 그녀의 깊은 내면에 들어가 보지 않는 이상 그 마음을 이해할 수는 없을 것 같다. 그러나, 적어도 이번 인터뷰를 통해 그녀와의 유대가 조금은 깊어졌다는 생각이 들었다.

온전한 나를 마주하는 것

지금 그녀가 느끼는 행복이 있는 그대로의 내 모습을 마주하는 것은 어쩌면 일상에서 온전한 '나'로서 살아가는 게 그만큼 어려워졌다는 것일지도 모르겠다. 그리고 그것이 비단 그녀만의 문제는 아니라는 생각이 들었다. 우리는 대부분 자기 자신을 온전하게 드러내기를 꺼려한다.

어린아이는 내가 원하는 바를 명확하게 지목하고 그것을 성취하기 위해 끊임없이 요구하거나 심지어 떼를 쓰기까지 한다. 아이를 보면 기쁨과 슬픔, 기대와 서운함의 감정이 얼굴에 그대로 드러난다. 있는 그대로의 자신을 타인에게 보여주는 것이다. 그러나, 우리는 사회화를 경험하면서 온전한 '나'를 숨기는 여러 가지 경험을 하게 된다. 때로는 다수의 선호와 내 선호가 갈리는 경우도 있고, 내가 좋아하는 누군가를 위해 그 사람의 감정과 생각을 내 감정과 생각보다 우선시할 때도 있다. 때론, 내 감정과 생각을 드러내면 '이기심'으로 치부하는 경우도 있고, 다수의 선호와 맞지 않는 개인을 그 집단에서 소외시켜버리는 경우도 있다. 이러한 경험들은 나로 하여금 타인과의 관계에서 나를 온전하게 마주하는 시도들을 막는다. 그렇게 시간이 흘러, 타인이 침범할 수 없는 영역에서 또는 나를 아는 사람이 없는 공간을 선호하는 것과 같이 온전한 '나'를 마주하는 시간을 갖는 게 특별한 일이 되고, 결국 그 시간을 소중히 여길 수밖에 없게 된다.

우리는 타인과의 관계와 '나'사이 어딘가에 서있다. 타인과의 관계에 더 가치를 부여하는 사람이 있는 반면, 나의 감정과 생각에 더 가치를 부여하는 사람이 있기도 한 이유다. 우리는 살면서 수많은 사람들과 관계를 맺는다. 우리는 관계 속에서 존재하기도 하고, 개인으로서 존재하기도 한다. 그렇다고, 매 순간 우리가 어느 지점에 있는지 확인할 필요는 없다. 다만, 건강한 관계를 해치지 않는 선에서 우리의 자존을 지키기 위해 가끔씩 나는 어느 지점에 서있는지 생각해보는 것도 좋을 것 같다.

현재 진행형

M 과의 인터뷰를 정리하는 동안 그녀가 시티팝과 맞닿아 있다는 생각이 든 건, 아마도 돌아갈 수 없는 과거의 자신에 대한 아련함과 서글픔을 느꼈기 때문인 것 같다. 그럼에도 그녀에게 긍정적인 앞날을 기대할 수 있는 건, 그녀가 타인에게 보이는 지금의 모습이 아닌 좀 더 자유롭고 솔직한 본연의 자신을 마주하는 순간들을 통해 스스로 행복을 찾고 있기 때문이다.

시티팝은 그 자체로 하나의 아련한 과거가 되어버렸지만, 그녀의 삶은 현재 진행형이다. 앞서, 에피소드 7 의 S 가 말했던 것처럼 마음이 과거에 있으면 후회를 안고 살고, 마음이 미래에 있으면 불안을 안고 산다. 그렇기 때문에 그녀가 조금은 과거의 자신에게서 벗어나 지금의 자기 자신을 온전히 마주하며 그 속에서 행복을 찾기를 바란다.

Episode 9

일상이라는 기적을 선물합니다

인터뷰 프로젝트가 거의 마무리될 무렵, 서른 번째 주인공으로 친구 W 를 만났다. 그는 앞서 프롤로그에서 언급했던, 인터뷰 프로젝트에 영감을 준 친구였기 때문에 감사의 의미를 담아 마지막 인터뷰이로 선정했다. 그는 현재 대학병원에서 소아 물리치료사로 일하고 있다. 인터뷰 당일이었던 토요일에도 그는 오전 근무를 끝내고 왔다. 피곤해 보이는 모습이었지만, 그래도 오랜만에 보는 친구 앞에서 내색하기 싫은 모양이었는지 시종일관 웃으며 인터뷰를 진행했다.

저녁이 있는 삶

W 에게 그의 요즘 일상이 어떤지 물었고, 그는 자신의 일상을 '저녁이 있는 삶'으로 표현했다. 언젠가부터 직장인들 사이에서는 일과 삶의 균형을 중시하는 'Work and Life Balance', 소위 '워라밸'의 개념이 직장을 선택하는 데에 중요한 요소로 자리 잡았다. 그런 의미에서 그가 저녁이 있는 삶을 산다는 것은 워라밸을 잘 지키며 살고 있다는 뜻이었다. 물리치료사는 근무 시간 이외에는 환자를 받지 않기 때문에, 출퇴근 시간이 다른 직업군보다 더 확실하게 지켜진다. 그는 그러한 근무환경으로 인해 회사에 다니는 친구들에 비해 심리적으로 여유로운 삶을 살고 있다고 말했다.

그렇다고 그의 직업이 마냥 좋은 면만을 가진 것은 아니었다. 그의 직종은 타 직종에 비해 평균적으로 급여가 낮은 편이고,

정규직의 정원이 지나치게 작게 배정되어 있어 상당수의 치료사들이 계약직에서 벗어나지 못하는 게 현실이다. W 도 지금은 대학병원에서 일하고 있지만, 곧 다가올 정규직 전환에 긴장이 된다고 했다.

소아 물리치료사가 된 이유

W 는 대학교에서 물리치료를 전공했다. 사실, 물리치료는 그에게 특별한 꿈이 있어서 선택한 전공이 아니었다. 수능점수가 기대했던 것보다 낮았고, 전공보다는 명문대 타이틀을 중요하게 생각했기 때문에 선택했던 전공이었다. 당연히 1, 2 학년까지는 공부보다는 노는 것이 좋았고, 학생회 일을 할 정도로 활발한 대학생활을 했다. 그러나 군 복무를 마친 후, 진로에 대해 생각해본 적 없던 그는 학기 중 진행되었던 실습을 통해 전공을 살리기로 마음먹고 물리치료사가 되었다. 그의 표현을 빌리자면, 등 떠밀려 국가고시를 준비했고 정신 차려보니 합격해 있었다. 그에게 물리치료사 중에서 왜 성인이 아닌 소아를 선택했는지 물었다. 사실, 내가 알던 그는 어린아이들을 별로 좋아하지 않았었기 때문에 그가 처음 소아 물리치료를 한다고 했을 때

꽤나 의아했기 때문이다. 그는 성인보다 소아가 가벼워 힘이 덜 들 것이라는 생각에 소아를 선택했지만, 알고 보니 훨씬 조심해야 하고 예민한 분야이기 때문에 어리석은 판단이었다며 웃었다. 그러면서도 그는 원래 아이들을 좋아하지 않았지만, 이 일을 하면서 아이들이 너무 좋아졌다고 했다. 동요를 외워 부르고, 만화 캐릭터 성대모사를 연습하는 자신의 모습을 보고 어색한 적도 많았지만 지금은 이 일을 선택하길 잘했다는 생각이 든다고 말했다. 자신의 직업에 행복과 만족을 느끼는 사람이 얼마나 있을까를 생각해보면 자신은 참 다행이라는 그를 보며 내게도 그 행복이 전달되는 것을 느꼈다.

소문

인터뷰 중 그에게 일을 하면서 힘든 점은 없는지 물었다. 그는 '소문'이라는 키워드로 답을 했다. 소아 관련 의료행위는 아무래도 아이의 발달과정에 직접적인 영향을 주기 때문에 더욱 소문이 많이 난다. 더욱이, 요즘에는 보호자들의 커뮤니티가 활발하게 운영되며, 치료사들의 이력과 개인정보가 버젓이 돌아다닌다. 그는 커뮤니티의 장점도 분명 있지만, 그만큼 단점들도 많다며 말을 이어갔다. 발달장애 등의 치료 과정에는 분명 급격히 좋아지는 시기가 있고, 오랫동안 나아지지 않는 시기도 있다. 하지만 커뮤니티에 올라오는 평가와 후기들은 그가 말하는 장기적인 치료의 과정과는 별개로 단기간의 평가들이 많다. 그리고, 간혹 잘못된 의학 정보들이 공유되어 정상적인 치료의 방향에 맞지 않는 의료행위를 요구하는 경우가 있다. 그리고 치료사가 해당 의료행위를 하지 않으면, 악의적인 평가와 후기를 남기는 경우가 종종 있다. 이를 본 보호자들은 실제로 치료사의 변경을 요구하기도 한다.

이러한 경우로 인해, 일부 치료사들은 치료의 방향과 맞지 않는 보호자들의 요구사항을 들어주며 평판을 유지한다. W 는 병원의

치료행위도 일종의 서비스이기 때문에 터무니없는 의료행위 요구와 이후 악의적인 평가 등이 아이들에게 필요한 정상적인 의료행위를 방해한다며 이러한 점들이 실무에 종사하는 치료사들에게 가장 큰 스트레스를 준다고 말했다.

실제로, W 도 악의적인 후기로 인해 담당이던 환자의 보호자가 치료사 변경을 요구한 적이 있었다. 그리고, 치료방향과 맞지 않는 의료행위를 요구받을 때가 꽤 많다고 했다. 아이를 위해 조금이라도 더 좋은 정보를 알아보고 공유하는 태도는 좋지만, 그렇다고 의료인의 의료행위에 대한 신뢰를 잃어서는 안 된다. 이러한 실태는 장기적으로 봤을 때, 의료인으로서의 올바른 판단과 치료보다 서비스직의 개념을 염두에 두게 된다. 마치, 비싼 과외나 학원 수업에만 의존하고 공교육을 등한시하는 공교육의 붕괴 현상처럼 의료 실무에 종사하는 치료사들의 고충이 고스란히 전해졌다.

일상이라는 기적을 선물합니다

 일이기 때문에 앞서 말한 것들과 같이 힘든 점도 분명 있지만, W 는 무엇보다 내가 하는 일에서 오는 행복을 찾는 것이 중요하다고 말했다. 그는 매일 같이 아픈 아이들을 만난다. 선천적으로 뇌에 문제가 생겨, 우리에겐 당연한 동작을 하지 못하는 아이들이 대부분이다. 그는 그 아이들에게 정상적인 아이의 일상을 선물하고 싶다고 말했다. 두 발로 서있기 조차 힘들어하는 아이가 치료를 받고 한 걸음 한 한걸음 걷기 시작하는 순간, 손가락으로 지시한 곳을 따라 바라보지 못하는 아이가 눈을 마주치고 고개를 따라 움직이는 순간, 치료를 받고 마땅히 누려야 할 일상을 되찾은 아이의 부모님들께서 감사를 전하는 순간, 그런 기적 같은 순간들 속에서 그는 마음에 있던 모든 스트레스가 날아갈 만큼 행복하다고 말했다.

찬란한 일상

 그가 소아 물리치료사의 진로를 걷게 된 건 다소 황당한 우연들의 연속이 만든 결과였다. 그렇지만, 지금은 자신이 소아 물리치료를 할 수 있어서, 아이들에게 일상이라는 기적을 선물할 수 있어서 너무나도 행복하다고 말했다. 언젠가 그가 핸드폰에 자신이 치료하는 아이가 걸음마를 떼는 영상을 보며 울고 있던 것을 본 적이 있다. 그때 내가 봤던 그의 모습은 기적을 선물한 사람이 아닌, 기적을 선물 받은 사람의 모습이었다.

집에 돌아오는 길, 하루 종일 떠있던 먹구름 사이로 따사로운 햇살이 한 줄기씩 새어 나오고 시작했다. '인터뷰 프로젝트의 마지막 인터뷰를 끝낸 것을 축하하기라도 하는 걸까'라는 생각을 했다. 처음, 인터뷰 프로젝트를 떠올리게 한 친구였기에 그와의 인터뷰는 사뭇 특별하게 느껴졌다. 이전의 나는 일상은 재미없고 지루한 것이라는 편견을 가지고 있었고, 그 속에 숨어있던 행복을 찾으려 하지 않았다. 그래서 W 와의 술자리에서 그의 뒷모습을 보며 내 일상도 저렇게 찬란히 빛났으면 좋겠다는 생각을 했었고, 어쩌면 이미 내 일상은 행복으로 가득한 것 아닐까 라는 생각도 했었다. 무엇보다 오늘 내게 주어진 하루를 더 소중하고 의미 있게 보낼 수 있는 마음가짐이 필요했다. 그를 통해 인터뷰 프로젝트를 시작했다. 알고 보니, W 는 자신이 치료하는 아이들뿐만 아니라 내게도 일상이라는 기적을 선물했던 것이다.

Episode 10

꼬인 매듭을 푸는 법

무료한 평일 저녁 낙성대역 근처 카페에서 사촌 형 H 를 만났다. 카페를 오픈한 지 한 달 남짓, 한참 바쁜 시기에 시간을 내주어 고마운 마음으로 그를 맞았다. 어렸을 때부터 봐오던 가족이기에 인터뷰를 시작하기에 앞서 어색함이 맴돌았다.

하지만, 이내 어색함을 뒤로하고 녹음기를 켜고 진지하게 그에게
질문을 시작했다.

나를 잃어버리다

자기소개를 해달라는 첫 질문에 H 는 무슨 말을 어떻게 해야
할지 모르겠다며 난색을 표했다. 누군가에게 자신을 소개하는 게
어렵다며 한숨을 내뱉었다. 보통 앞에 있는 상대방에 따라
자신의 언행을 조금씩 바꾸는 편이라고 말하며 솔직히 자신이
어떤 사람인지 잘 모르겠다고 말했다. 그동안 인터뷰를 하면서
생각보다 많은 사람들이 자기소개를 어려워했던 적은 더러
있었지만, 자기 자신을 모르겠다고 대답한 사람은 그가
처음이었다. 어렸을 때부터 그를 봐왔지만, 그가 이렇게 자신에
대해 자신 없어하는 모습을 보인 건 처음이었다. 그는 마치
자신을 잃어버린 것 같다며, 지난 10 년의 기억을 되짚었다.

사람들과의 관계에 지쳐 도피하듯 호주로 떠났던 기억, 믿었던
친구로부터 사기를 당한 기억, 돈 걱정 없이 비교적 편하게 사는
친구들의 모습에서 느낀 박탈감, 그럼에도 늘 남들에게 좋은

모습만을 보여야 한다는 강박에 싫어도 싫은 티를 내지 않았고, 힘들어도 괜찮은 척을 해왔다. 많은 사람들과 어울리기를 좋아했기 때문에 그들로부터 멀어지지 않기 위해서라도, 늘 타인이 자신에게 바라는 모습만을 보여왔다. 그래서 결국 자신이 무엇을 좋아하고 싫어하는지, 자신이 어떤 사람인지도 모르게 되어버린 것이다.

하기 힘든 말

가족이기 때문에 어쩌면 더 조심스러워야 하는 순간이 찾아왔다. 어쩌면, 이번 기회가 아니면 지금까지와 같이 앞으로도 하기 힘든 말을 꺼내야만 했다. 그가 평생 짊어지고 온 책임과 부담을 꺼내어 마주하도록 했다. 언젠가부터 가족으로서, 동생으로서 그에게 어떻게 말을 해야 할까 반추에 반추를 거듭했던 말이었다. 힘들면 힘들다고 말해달라는 말, 억지로 괜찮다 말하며 웃으려고 하면 할수록 더 걱정이 된다는 말이었다.

가장 오랜 기억 속부터 이미 따로 살아오신 부모님, 온 집안에 붙어있던 빨간 압류딱지, 야간에 일하시는 아버지를 대신해 아침밥을 지어 치매에 걸리신 할머니를 챙긴 후에야 학교에 등교하던 중학생 시절, 20 대에 이미 자신의 이름으로 빚진 억대의 대출과 같은 운명의 굴레에서 그는 아무리 노력해도 벗어날 수 없었다. 그럼에도 그는 늘 괜찮다는 말을 입에 달고 사는 사람이다. 매 순간 치열하게 살아왔음에도 덜 노력했다고, 스스로가 부족했다고 말해야 마음이 편했던 것이다.

> "내게 일어난 모든 안 좋은 일들을 남 탓으로 돌리기엔,
>
> 내 인생이 전부 부정당하는 것 같아."

그의 분노는 의식적으로 또 무의식적으로 자신을 향하고 있었다. 그렇게 그의 20 대가 지나갔다.

가시 돋친 말

H 는 요즘 자신이 세상을 삐딱하게 바라보고 있다는 생각을 했다. 마치 단단하게 꼬여 쉽게 풀리지 않은 매듭처럼 자신의 성격도 그렇게 꼬여있다는 말이었다. 언젠가, 친한 후배가 취업 후에 찾아와 자신이 요즘 출근시간보다 1 시간 전에 미리 회사에

도착하는 등 부지런하게 살고 있다고 말했다. 그때, H 는 후배에게 이렇게 말했다.

> "힘든 척하지 마, 남들도 다 그렇게 살아."

당시에 그는 자신의 말이 누군가에게 상처를 줄 수 있다는 것을 몰랐다. 최근에 후배가 찾아와 그 얘기를 하면서 서운했던 기억을 말했고, 그는 자신이 그런 말을 했다는 것에 대해 적잖이 충격을 받았다. 그리고 자신이 다른 가까운 사람들에게 내뱉었던 말들과 그들에게 보인 태도에 문제가 있다는 것을 깨달았다고 했다. 그는 어디서부터 어떻게 꼬인 성격을 풀어야 하는지 모르겠다며 한숨을 쉬었다.

그가 그 말을 하는 순간, 나는 바로 알 수 있었다. 그의 꼬인 성격은 지금껏 꾹꾹 참아 눌러왔던 분노들이 자신도 모르는 사이에 세상을 차갑게 바라보게 하고, 상처를 줄 수 있는 가시 돋친 말들로 표출되고 있다는 것을. 안쓰러운 마음도 있었지만, 그가 잘못해서 벌어진 일들이 아닌 일들로 그의 인생이 흔들렸기에 그의 앞으로의 나날을 위해서라도 더욱 그를 위로하고 싶었다.

꼬인 매듭을 푸는 법

꼬인 매듭을 푸는 법

사실, 복잡하게 꼬인 매듭을 푸는 법은 의외로 단순하다. 가장 마지막부터 천천히 거슬러 올라가며 하나씩 풀면 된다. 막상 시작하게 되면 첫 단계가 가장 단단하고 꽉 묶여있어 풀기가 어렵다. 하지만, 매듭을 풀면 풀수록 그 매듭은 느슨해지고 결국 굳이 힘을 세게 주지 않아도 저절로 풀리곤 한다.

인터뷰를 마친 후, 나는 그에게 위로와 격려를 건네며 시간이 조금 걸리더라도 조금씩 그가 스스로 매듭을 풀어가기를 권했다. 이미 오랜 시간, 그가 세상을 바라보는 시선은 차갑게 식어 있었다. 누군가 자신의 말들로 인해 상처를 받을 수 있다는 것을 인지하지 못할 정도로 갇혀 있었다. 그렇기에 그가 자신의 성격을 바꾸고 싶다고 말했을 때, 무엇이든 도와주고 싶었다. 그가 자신의 꼬여버린 성격을 고치려고 노력하는 것 또한 시작이 가장 어려울 수밖에 없을 것이다. 일상적인 대화조차 한 번씩 생각해보고 내뱉어야 하고, 하루를 마무리하면서 자신이 오늘 만난 사람들에게 상처를 주진 않았는지 계속 되짚어야 한다. 그 과정은 오랜 시간이 걸릴 것이고, 중간에 지쳐버릴 수도 있다. 그래서 나와 같이 그의 주변에 있는 사람들에게 자신이 변하려고

128

한다는 것을 알리는 것도 중요하다. 자신이 혹여 실수를 한다면, 그에 대한 피드백을 달라고 요청하는 것도 좋은 방법이다. 그렇게 노력하다 보면 시간이 지나, 결국 무의식적으로 조금씩 타인의 입장을 이해하게 되고, 언젠가 그가 바라는 자신의 모습이 자연스레 몸에 배어있을 것이다.

비를 함께 맞는 것

H 는 그가 사랑하는 사람들에게조차 자신의 속내를 꺼내는 것을 어려워하는 사람이다. 누군가에게 도움을 받는 일이 어색하고, 따뜻한 말 한마디 건네는 게 민망할 정도로 '혼자'이던 사람이다. 그와의 인터뷰를 정리하며, 어떤 식으로라도 그에게 도움이 되고 싶었다. '쏟아지는 비를 막을 수 없을 땐, 그 비를 함께 맞으면 된다'라는 말이 있다. 이제껏, 그는 쏟아지는 비를 홀로 맞고 있었다. 지금의 나는 그에게 비를 피할 장소도, 작은 우산 하나 건넬 수가 없다. 그래서 함께 그 비를 맞으려 한다. 그가 외롭지 않게, 그가 힘들 때 조금이라도 기댈 수 있게 그의 곁에 있어주고 싶다.

Special episode

Self-interview

　인터뷰 프로젝트를 진행하던 중, 많은 사람들로부터 셀프 인터뷰를 추천받았다. 그래서 셀프 인터뷰를 마지막 에피소드에 쓰기로 마음먹었다. 하지만, 막상 진행하려니 도저히 엄두가 나지 않았다. 나 자신에게 '자기소개를 해주세요', '취미가 뭐예요?' 등의 질문을 던지고 있자니 민망함이 온몸으로 퍼져갔다. 그래서 인터뷰 프로젝트에 응해주었던 C 의 도움을 받아 셀프 인터뷰를 진행했다.

시와 음악 그리고 여행

누군가 내게 자기소개를 요청한다면 나는 주저 없이 시와 음악 그리고 여행을 사랑하는 사람이라고 말한다. 내 삶은 그 세 가지로 이루어져 있기 때문이다.

시로 말하자면, 초등학교 수업에서 부모님과 관련된 시를 지었는데 그때 담임선생님께서 너무 멋지고 사랑스러운 아이라고 칭찬해주셨던 것을 계기로 '나는 시인이 될 거야' 라며 지금까지

시를 쓰는 것으로 이어졌다. 초, 중, 고교 시절 장래희망란에는 늘 두 가지 직업이 적혀있었다. 하나는 시인이었고, 나머지 하나는 늘 부모님이 알려주신 교수, 변호사, 검사를 적었다. 시를 지어 누군가에게 보여준 적은 거의 없지만, 내 감정을 온전히 감당할 수 없을 때마다 내 감정과 생각을 시에 담았다. 내게 시는 표현에 서툰 나를 대신해 내 마음을 전해주는 감정의 대리인이 되었다.

음악은 내가 기억하는 가장 어린 시절부터 이미 좋아했던 것 같다. 아주 오래전, 어머니의 자주색 세피아를 타면 늘 김종환, 조관우의 테이프를 틀어 그들의 노래를 들었다. 심지어 유치원을 다닐 때, 친구들 앞에서 김종환의 '사랑을 위하여'를 부르기도 했다. 늘 집에는 빳빳한 갈색 종이로 된 악보가 있었고, 그 악보에 나온 가사를 보며 노래를 따라 부르곤 했다. 그래서인지 지금도 음악을 들을 때에는 꼭 가사를 읽어본다. 새로운 곡은 인터넷에서 곡의 정보를 확인하며, 음악에 쓰인 악기가 무엇일지 생각해보기도 하고, 가사에 어떤 의미가 담겨있는지 확인하기도 한다. 이런 습관을 알고 있는 뮤지션 Y 는 나와 같은 사람을 '액티브 리스너'라고 부른다고 하기도 했다. 나는 30 개가 넘는

플레이리스트를 저장해놓고 다닌다. 다양한 장르로 분류해놓았기 때문도 있지만, 그 순간에 내가 느낀 감정들과 맞닿아 있는 곡들을 주로 저장해놓기 때문이다. 그래서 내 플레이리스트의 대부분의 이름은 날짜와 시간으로 이루어져 있다. 이제는 그 날짜와 시간만 보고도 어떤 감정과 생각을 했는지 알 수 있을 정도다.

 마지막으로 여행은 20살이 되어서야 처음으로 경험해 본 분야다. 사실, 국내여행보다 해외여행을 훨씬 더 오래 했다. 내가 여행을 좋아하는 가장 큰 이유는 '예측 불가능성' 때문이다. 나는 어떤 일을 할 때, 계획을 촘촘하게 세우고 그것들을 실천해 나가면서 하나씩 마무리하는 걸 선호하지 않는다. 그래서 여행을 할 때에도 목적지만 생각하고, 그 과정의 일들은 전혀 생각하지 않는다. 때로는 목적지도 없이 그냥 이곳저곳 돌아다니기도 한다. 여행은 내게 늘 우연과 인연을 선물한다. 우연히 겪게 되는 특별한 일들과 낯선 곳에서 만난 인연들은 나로 하여금 어제의 나보다 더 나은 나로 만들어준다. 지금까지 그래 왔듯, 앞으로의 내 여행들도 낯섦이 주는 의미와 가치 그리고 즐거움으로 가득할 것 같다.

인생 영화: 〈Nell〉(1994)

지금까지 내가 살아온 시간을 전반과 후반으로 나누라고 한다면, 그 기준점은 영화 〈Nell〉이 될 것이다. 이 영화는 문명 세상과 단절된 채, 인적 없는 어느 숲 속의 외딴 통나무집에서 살고 있는 '넬'과 그녀를 문명세계로 안내하려고 하는 시골 의사 '제롬 러벨'과 심리학자'폴라 올센'의 이야기이다. 〈Nell〉은 서로 다름을 수용할 수 있는 가장 큰 힘은 사랑이라는 것을 보여준다.

영화 〈Nell〉은 내 삶의 태도를 변화시켜주었다. 이전의 나는 나와 다른 사람을 받아들이는 것을 굉장히 불편한 일로 여겼고, 때로는 내 곁에 있는 사람들에게도 서로 다름을 받아들이지 못한 채 많은 상처를 주었다. 하지만 그 이후의 나는 아직 완벽하진 않지만, 타인의 감정과 생각을 존중하는 가장 중요한 태도를 가지려 노력하고 있다. 이번 인터뷰 프로젝트를 진행하면서 한 번 더 그러한 삶의 태도의 중요성에 대해 깨달았다. 혹시, 이 영화를 아직 보지 않으신 분들이 있다면 시간을 내어 한 번쯤은 꼭 보기를 추천한다.

나의 꿈

　내게 꿈이라는 건 항상 내가 바라는 삶의 모습 같은 의미다. 많은 사람들이 특정한 직업을 꿈이라고 말하는 것이 내내 마음에 걸렸다. 만약, 누군가 내게 미래에 하고 싶은 직업을 물어본다면 아마 10 개는 넘게 대답할 것 같다. 앞으로의 삶의 모습을 그려보라고 하면 조금은 쉬울 것 같다. 머릿속에 그려온 내 삶의 모습을 표현해보면, 아마 나는 그때에도 시와 글을 쓰고 있을 것이다. 내가 사랑하는 사람들이 내 곁에 있고, 그들에게 내가 지금보다는 조금 더 내 마음을 표현하고 있을 것이다. 추운 겨울밤, 잔잔한 음악이 흐르는 따뜻한 집 안에서 한 해를 마무리하며 서로에게 사랑과 감사, 미안함을 전하는 시간을 가질 것이다. 아름다운 한 폭의 그림과 같은 그 장면이 내 꿈의 모습이다.

Epilogue

Inter: view

어떤 한 사람이 다른 한 사람을 이해한 다는 것

이 책을 쓰면서 꽤 많은 사람을 인터뷰했다. 서른 세명, 당초 예상했던 열다섯 명의 인터뷰보다 훨씬 많은 사람을 인터뷰 한 셈이다. 에피소드에 나오지 않은 분들도 모두 각자의 고민과 걱정이 있었고, 그들이 생각하는 삶과 행복의 의미와 가치가 있었다. 가까운 사람들일수록 몰랐던 이야기들이 더 많았고,

처음으로 출판하는 책이기 때문에, 많이 서툴고 부족하지만 나를 믿고 인터뷰에 응해준 모두에게 감사하다. 그들의 삶과 일상을 몇 줄의 글로 표현할 순 없지만, 그들이 중요하게 생각하는 삶의 가치를 공유할 수 있다는 것만으로도 그 의미가 소중하다. 모두에게 그만큼의 미안함과 감사한 마음을 담아 글을 썼다.

> 내가 타인을 완전히 이해하지 못하듯,
> 타인도 나를 완전히 이해하지 못한다.
> 삶이 근본적으로 외로운 것이 이것 때문 아닐까.
> 이것이 잘못됐다고 생각하면 외로워질 수밖에 없을 것 같다.
> 하지만 이해할 수 없음을 받아들이면,
> 완전치는 않아도 나를 깊게 이해하려는 사람이 있으면,
> 우리는 조금은 덜 외롭지 않을까.
> - 유시민 작가

예전에 어느 방송 프로그램에서, 유시민 작가가 '어떤 한 사람이 다른 한 사람을 완전하게 이해할 수 있을까'에 대해 말했던 내용이다. 인간관계에 대해 한참을 고민하고 있을 때, 깊이 공감되어 메모장에 기록했던 글이다. 우리는 각자 자신의 관점에서 이해한 타인의 모습이 '그 사람'이라는 착각을 하곤

하며, 이와 동시에 사람은 자신이 이해했던 타인의 모습을 다른 상황에서도 기대한다. 그러나 우리는 서로를 완전하게 이해할 수 없다. 그렇기 때문에 상황에 따라 내가 이해했다고 생각했던 사람도 전과 다르게 느껴질 수도 있다. 그러나 유시민 작가의 말처럼 '완전치는 않아도 서로를 깊게 이해하려는 노력이 있다면, 우리는 어쩌면 조금은 덜 외롭지 않을까' 하는 마음으로 인터뷰를 진행했고, 큰 무리 없이 프로젝트를 마칠 수 있게 되었다. 아마, 인터뷰에 응해준 사람들뿐만 아니라, 그들을 온 마음을 다해서 이해하려고 했던 나 자신도 조금은 덜 외로워진 것 같은 기분이 든다.

평범한 사람들의 특별한 이야기

 인터뷰이들은 모두 가족, 친구, 지인들로 선정되었다. 언론과 다양한 매체에 등장하는 유명하고 성공한 사람들을 직접적으로 알지 못할뿐더러, 그들을 인터뷰하는 것은 현실성이 없기 때문이다. 오히려, 내가 이미 가장 잘 안다고 생각했던 사람들의 이야기, 가장 보통의 존재들이 말하는 그들의 이야기를 원했다. 이 책의 각 에피소드는 그들의 이야기이자, 우리의 이야기이다. 그러므로, 이 글을 읽는 분들이 마치 내 옆 사람의 이야기로 이 글들을 받아들일 수 있었으면 좋을 것 같다.

이 책을 펼친 그대에게

 누군가는 대중에게 선보이는 첫 작품이 신인 작가의 창의적인 상상력이나 흥미로운 주제를 가진 작품이 아닌 것에 의아해할 수도 있을 것 같다. 그러나, 이 책이 새로 데뷔하는 작가가 세상을 바라보는 시선을 담았다고 생각해주셨으면 좋겠다. 이 책을 읽으며 '임정훈'이라는 작가의 세상을 바라보는 시선에 대해 한 번쯤 생각해보길 바라는 마음으로 글을 썼다. 친구를 보면 그 사람을 알 수 있다는 말이 있듯, 그의 곁에 있는 사람들의 이야기를 통해 그의 생각과 시선을 조금이라도 느낄 수 있었으면 한다.

Inter: view

얼마 전, 책의 제목을 무엇으로 할지, 한참을 고민하고 있었다. 그러던 중 심플하게 'Interview'를 추천받았다. 그리고 더 나아가 그 어원인 '내면을 보다'라는 의미에서 'Inter: view'로 책 제목을 결정했다. 심리학을 전공한 것도 아니고, 관련 분야의 전문가도 아니지만 이제껏 누군가의 속 마음을 이렇게 온 마음을 다해서 이해하려 노력한 적이 없었다. 그들의 내면을 직관적으로 바라볼 수는 없었지만, 인터뷰를 통해 조금씩 그들의 이야기를 들을 수 있었고, 이를 통해 그들이 중요하게 생각하는 삶의 가치들에 대해 어렴풋이나마 이해할 수 있었던 시간이었다.

타인의 마음을 이해하는 것은 그 사람의 감정과 생각을 공유한다는 것에서 출발한다. 이번 프로젝트를 진행하면서 온 마음을 다해 그들의 감정과 생각을 공유하려 노력하다 보니,

그들의 이야기가 때로는 유쾌하고 행복했고, 때로는 슬프고 고통스럽게 느껴졌다. 인터뷰를 정리하며 글을 쓰는 시간에는 지나치게 사적인 내용을 생략해야 하는 동시에 글을 읽는 사람들에게 조금 더 생동감 있게 글을 제공해야 한다는 생각에 매 순간, 문장 하나를 썼다 지웠다 반복하며 글을 써 내려갔다. 혹여 내 글로 인해 그들의 마음에 상처가 되지는 않을까, 다른 분들께 누가 되지 않을까 수없이 고민했다. 인터뷰보다 글을 쓰는 과정이 훨씬 더 오랜 시간이 걸린 이유도 그러한 퇴고를 몇 번이나 거쳤기 때문이다. 미흡하게나마, 그러한 노력이 당신께 전해지길 바란다.

나비효과

사실, 이 프로젝트의 첫 인터뷰를 시작하기 전까지 가장 기대했던 것은 인터뷰 프로젝트 이후의 내 마음가짐이었다. 늘 자존감 높은 사람이라는 말을 자주 들어왔고, 나 스스로도 그렇게 생각하고 있었기 때문에 타인에게 '주변인'이라는 말을 들었을 때 받았던 충격과 서운함이 더 컸던 것 같다. 그래서 일상을 살아가는 사람들의 이야기를 통해 내가 걸어가고자 하는

145

길에 대한 의심을 떨쳐낼 수 있기를, 타인의 평가에 휘둘리지 않기를 바라는 마음이 컸다. 그러나, 정작 인터뷰 프로젝트를 마치고 나니 한 가지 재미있는 사실을 발견했다. 인터뷰에 응해준 사람들에게 찾아온 변화였다.

단 한 번의 인터뷰가 누군가에게 어떤 변화를 가져올 것이라는 생각은 하지 않았다. 하지만, 인터뷰를 마치고 돌아오는 길에 걸려온 전화를 통해, 글을 마무리하며 인터뷰이들에게 감사의 인사와 안부를 전하는 시간을 통해 그들로부터 전해지는 말들은 놀라웠다. 작게는 너무 평범하게 살고 있다고 생각했던 내가 나도 모르는 사이 매일 조그마한 행복들 속에 살고 있다는 것을 깨달았다는 감사 인사부터 인터뷰를 통해 자신의 있는 그대로의 모습을 진지하게 마주할 용기를 조금 내보려고 한다는 말, 그리고 앞으로의 삶의 방향에 대해 진지하게 고민하기 시작했다는 분도 있었다. 인터뷰를 진행했던 내가 그들의 내면을 바라보기 위해 노력한 만큼, 그들도 용기를 내어 자신의 내면을 솔직하게 마주했다는 생각이 들었다.

'어쩌면 내 작은 인터뷰가
조금은 멋지고 대담한 날개 짓을 한 것은 아닐까?'

Inter: view

발   행 | 2020년 06월 26일
저   자 | 임정훈
펴낸이 | 한건희
펴낸곳 | 주식회사 부크크
출판사등록 | 2014.07.15.(제2014-16호)
주   소 | 서울특별시 금천구 가산디지털1로 119 SK트윈타워 A동 305호
전   화 | 1670-8316
이메일 | info@bookk.co.kr

ISBN | 979-11-372-1048-6

www.bookk.co.kr